Valentina Morelli

Kloster, Mord und Dolce Vita – Verrat im Vatikan

MIX
Papier aus verantwortungsvollen Quellen
Paper from responsible sources
FSC® C105338
FSC
www.fsc.org

Kloster, Mord und Dolce Vita – Die Serie

Benvenuto a Santa Caterina! In dem malerischen Dorf im Herzen der Toskana lebt, arbeitet und betet Kloster-Schwester Isabella. Doch wie aus heiterem Himmel muss sie plötzlich in einem Mordfall ermitteln! Von da an macht es sich die neugierige Nonne zur Lebensaufgabe, die großen und kleinen Verbrechen der Dorfbewohner aufzuklären. Carabiniere Matteo ist froh über diese himmlische Hilfe, denn schließlich hat er als einziger Polizist von Santa Caterina alle Hände voll zu tun …

Über die Autorin

Valentina Morelli schreibt seit vielen Jahren Romane. Mit »*Kloster, Mord und Dolce Vita*« setzt sie der Heimat ihres Herzens ein Denkmal und fängt das unvergleichliche Lebensgefühl der Toskana ein. Krimis sind für sie ein Mittel, zutiefst menschliche Geschichten zu erzählen.

VALENTINA MORELLI

Kloster, Mord & Dolce Vita

Schwester Isabella ermittelt

Verrat im Vatikan

be THRILLED

beTHRILLED

Vollständige ePub-to-Print-Ausgabe des in der Bastei Lübbe AG erschienenen eBooks »Kloster, Mord und Dolce Vita – Verrat im Vatikan« von Valentina Morelli.

beTHRILLED in der Bastei Lübbe AG

Textredaktion: Anne Pias
Lektorat/Projektmanagement: Lukas Weidenbach
Covergestaltung: Christin Wilhelm, www.grafic4u.de unter Verwendung von Motiven © shutterstock: chaoss | leoks | Misao NOYA | NorSob | Rolau Elena
Satz: 3w+p GmbH, Rimpar
Druck: Books on Demand GmbH, Norderstedt

ISBN 978-3-7413-0306-7

www.be-thrilled.de
www.lesejury.de

Die Protagonisten

Schwester Isabella
Die Ordensschwester ist 35 Jahre alt und heißt mit bürgerlichem Namen Isabella Martini. Schon früh wusste sie, dass sie Nonne werden möchte, und trat in ein kleines Nonnenkonvent in Kalabrien, im Süden Italiens, ein. Nachdem dieses geschlossen wurde, verschlägt es sie nach Santa Caterina, wo sie durch das Lösen von Kriminalfällen ihre wahre Berufung findet. Sie öffnet sich dem Dorf und dem weltlichen Leben – und fängt ganz nebenbei auch noch Verbrecher.

Matteo Silvestri
Der 29-jährige Carabiniere des von Santa Caterina erhält von Schwester Isabella Hilfe bei seinen Ermittlungen – oder ist es eher andersrum? Als Polizist ist Matteo noch unerfahren und wird von der Nonne unter ihre Fittiche genommen.

Äbtissin Filomena
»Der Herr gibt es, der Herr nimmt es.« – Nach dieser Maxime lebt die 63-jährige Äbtissin Filomena. Noch nie hat man sie ohne Habit gesehen. Ihr gesamtes klösterliches Leben hat sie in Santa Caterina verbracht, und sie wird es auch hier beenden. Dem Schutz des Klosters und »ihrer« Nonnen hat sie sich mit Leib und Seele verschrieben.

Duccio Lenzi

Duccio Lenzi ist Bürgermeister des Dorfes und versteht sich als Patron von Santa Caterina – großzügig, fördernd, aber auch unnachgiebig, wenn ihm etwas nicht passt. Seiner Meinung nach muss nicht immer alles an die Öffentlichkeit gelangen – doch Schwester Isabella sieht das leider allzu oft anders …

Kapitel 1

Der Frühling breitete weit die Arme aus und hauchte den Gärten des Convento di Regina della Pace neues Leben ein.

Schwester Isabella stand breitbeinig im Kräuterbeet, den Rücken nach vorn gebeugt, und hielt einen Augenblick inne. Sie schickte ein leises Dankgebet nach oben. Dafür, dass sie genau hier an diesem Ort sein durfte. Die aus dem Winterschlaf erwachende Toskana glich dem Paradies auf Erden. Ein Garten Eden voll intensiver Farben und lebendiger Düfte.

Das Aufblühen der Landschaft rund um das Kloster war jedes Jahr aufs Neue ein magischer Moment. Es wurde mehr gelacht, und die Stimmen hallten lauter durch Klostergemäuer. Als würde unter ihnen das Leben ebenso neu erwachen. Und endlich spielten sich ihre Aktivitäten wieder vermehrt draußen ab. Wenngleich damit das für Isabella so verhasste Unkrautrupfen einherging.

Ihre Oberschenkel brannten, und sie spürte noch immer die Hitze der Anstrengung auf ihren Wangen. Trotz der Doppelbelastung, die das Amt der Äbtissin mit sich brachte, hatte Isabella sich fest vorgenommen, wieder regelmäßig laufen zu gehen. Und bislang hatte sie es tatsächlich geschafft, ihr Vorhaben in die Tat umzusetzen. Dies bedeutete zwar, dass sie eine Stunde eher aus dem Bett musste, doch diesen Preis zahlte sie gern.

Caesar, den sie ebenfalls zum Joggen verdonnert hatte, sah das ein wenig anders. Er war kein Hund, der das frühe Aufstehen zu schätzen wusste. Und schon gar nicht mochte er es, in aller Herrgottsfrühe durch die umliegenden Weinberge gescheucht zu werden. Aber was sein musste, musste eben sein. Denn der Bernhardiner war seit seiner Ankunft im Kloster ein wenig aus dem Leim gegangen, was zweifellos an der hervorragenden Küche von Schwester Hildegard lag.

Diese stand unmittelbar neben Isabella und schnitt mit einer Nagelschere die dünnen Halme des ersten Schnittlauchs, die sie für ihre Minestrone brauchte. Als sie Isabellas Blick bemerkte, schaute sie sie direkt an und schüttelte leicht den Kopf. »Du musst das nicht tun, du bist die Äbtissin.«

Isabella vollführte mit ihrer erdverschmutzten Hand eine wegwerfende Geste. »Der Titel allein macht uns zu nichts Besonderem. Außerdem sind wir viel zu wenige Schwestern, als dass wir auf eine Kraft im Beet verzichten könnten.«

Agnieszka mischte sich in die Unterhaltung: »Das hat Filomena aber stets anders gesehen.« Sie kümmerte sich hinter Isabella um das Aussäen des Pflücksalats.

Die Schwestern waren zum größten Teil Selbstversorger, was nicht nur eine ausgewogene Ernährung mit sich brachte, sondern gleichermaßen die Kasse des Klosters schonte – ein Umstand, der Isabella aufgrund der verzwickten Finanzlage äußerst recht war.

»Ich bin aber nicht Filomena.«

Schwester Agnieszka lächelte. »Zum Glück.«

Isabella richtete sich auf, warf ihren Kopf zurück und erwiderte das Lächeln ihrer besten Freundin. Es gefiel ihr, wie sorgsam Agnieszka beim Aussäen zugange war. Sie hatte ein Händchen dafür und schuf gerade Salatreihen, als wären sie mit einem Lineal gezogen worden.

Ein scharfer Schmerz fuhr in ihre Seite. Unerwartet und heftig. Himmel, hatte ihr der Rücken im letzten Jahr schon so wehgetan? Waren das bereits die unliebsamen Begleiterscheinungen des Älterwerdens? Immerhin bewegte sie sich langsam, aber sicher auf die vierzig zu. Das war eigentlich noch kein Alter. Doch auch das Joggen fiel ihr zunehmend schwerer. Ehe sie weiter über ihre Gebrechen grübeln konnte, riss sie eine Stimme aus den unschönen Gedanken.

»Schwester Isabella! Ein Brief! Ein Brief für dich!«

Zeitgleich mit ihrem Bernhardiner Caesar hob sie den Kopf und blickte in Richtung von Schwester Immacolata, die mit geraffter Soutane auf das Kräuterbeet zugehastet kam.

Isabella sah sie verständnislos an. »Dann lege ihn doch einfach in mein Büro. Wie all die anderen Briefe.«

Immacolata stoppte unmittelbar vor dem Beet und keuchte angestrengt. »A-a-aber ich glaube, dieser hier ist besonders wichtig.«

»So?« Stirnrunzelnd wischte sie sich ihre Hände an der Schürze ab, mit der sie ihren Habit vor dem Gartendreck schützte.

Die alte Schwester wurde konkreter: »Er ist vom Vatikan.« Während sie sprach, verfinsterte sich ihr Blick.

Isabella war darum bemüht, gleichgültig zu wirken, als sie aus dem Beet stieg und den verschlossenen Brief entgegennahm. *Ein Schreiben aus dem Vatikan. Na und?*

Das kam hin und wieder vor. Doch in den seltensten Fällen hatte es etwas Gutes zu bedeuten. Mit schwerem Herzen dachte sie an den letzten Brief zurück, den sie in den Unterlagen im ehemaligen Büro der ebenso ehemaligen Äbtissin gefunden hatte. Da war es um die finanzielle Schieflage des kleinen Klosters gegangen, die in Rom mit Sorge bemerkt worden war.

»Der Brief ist persönlich an dich adressiert.« Sie zwinkerte schnell, als hätte sich eine Wimper in ihren Augen verfangen. »Also nicht an den Klostervorstand, sondern an dich. An Isabella Martini.« Sie sah zu ihr auf. »Das bist du.«

»Das weiß ich selbst.« Isabella schluckte angestrengt. Sie spürte eine unerklärliche Nervosität in sich aufsteigen.

Natürlich wusste der Vatikan darum, dass sie die neue Äbtissin des Convento di Regina della Pace war. Nun aber hochoffiziell von derart hoher Stelle in den Fokus genommen zu werden, dass sie einen Vatikanbrief mit ihrem Namen erhielt – das war so sonderbar und unwirklich.

Unter den Argusaugen der sich um sie herum versammelnden Novizinnen und Schwestern riss sie behutsam das Kuvert auf. Selbst Caesar richtete sich auf und hechelte sie erwartungsfroh an.

»Bestimmt von deinem Freund, dem Papst«, neckte Agnieszka sie und fing sich damit einen düsteren Blick von Isabella ein.

Seit ihrem Telefonat mit dem Kirchenoberhaupt wurde ihr in der Tat eine Freundschaft angedichtet. Das war natürlich völliger Unsinn. Der Papst hatte sich lediglich bei ihr bedankt, weil sie ihm eine liebgewonnene Keramikfigur wiederbeschafft hatte. Doch diesmal sagte ihr ein unbestimmtes Gefühl, dass der Inhalt dieses Briefes kein Dankesschreiben war.

»Nun lies doch endlich vor.« Schwester Hildegard fuhr sie im Befehlston an und verschränkte demonstrativ die Arme vor der großen Brust, getreu dem Motto: *Ich beginne erst mit dem Mittagessen, wenn ich weiß, was der Vatikan dir mitzuteilen hat.*

Isabella nickte kurz und überflog die Zeilen. Und dann noch einmal. Und noch einmal.

»Was ist los?«, fragte Immacolata. »Ist es etwas Gutes?«

»Oder etwas Schlechtes?« Die junge Novizin Rebecca bekreuzigte sich rasch.

»Nun.« Isabella zögerte. Sie las den Inhalt des Briefes noch ein viertes Mal. Er war nicht sonderlich lang. »Es …« Sie brach ab und räusperte sich den Belag vom Kehlkopf. »Es ist eine Einladung.«

»Einladung?«, echote Schwester Hildegard.

»In den Vatikan?«, hakte Schwester Giovanna nach.

Isabella nickte wieder. »Hier steht, dass der Papst mich …«

»Der Papst?«, riefen Schwester Agnieszka und Schwester Immacolata wie aus einem Mund. Caesar bellte.

»Seine Heiligkeit?«, fragte Hildegard ebenso erstaunt.

Schwester Isabella sah zu Schwester Hildegard auf. Sie fühlte denselben Unglauben, den sie in den Zügen der Klosterköchin las. Wieder richtete sich ihr Blick auf die wenigen Zeilen des Briefes. Dort stand es schwarz auf weiß.

»Nun … ja«, sagte sie schließlich. Doch ihre Stimme ließ jede Überzeugung vermissen.

Ungeachtet ihrer sauberen Robe trat Schwester Immacolata zu ihr ins Beet und entriss ihr den Brief. Während sie las, bewegten sich ihre Lippen wie in einem Fiebertraum. »Du liebe Güte, Isabella. Das ist nicht nur eine Audienz, das ist eine Privataudienz!«

»Ja … und?« Isabella schüttelte verwirrt den Kopf. Sie verstand nicht, worauf ihre Mitschwester hinauswollte.

Diese erklärte es ihr und den anderen Schwestern unaufgefordert: »Normalerweise gibt der Papst Audienzen für größere Gruppen. Zum Beispiel von Geistlichen. Diese finden in den Räumlichkeiten des Apostolischen Palastes statt. Ich selbst hatte einmal die große Ehre, zugegen zu sein – mit einer Pilgergruppe. So habe ich Papst Johannes Paul den Zweiten kennengelernt.« Sie schlug ein Kreuz. »Ein toller Mensch!«

Isabella nickte zum Zeichen, dass sie verstanden hatte.

»Aber das hier …« Schwester Immacolata schlug mit der flachen Hand auf den Brief. »Das hier ist eine Privataudienz. Das bedeutet, nur du und … der Papst … zu einer persönlichen Unterredung.« Die alte Schwester schob sich ungläubig das Gebiss zurecht. »Das ist eine Ehre, die normalerweise nur Staatsoberhäuptern, hohen geistlichen Würdenträgern und prominenten Menschen zuteilwird.«

»Und nun auch dir«, raunte Schwester Agnieszka voller Ehrfurcht. »Als Äbtissin eines kleinen, unbedeutenden Convents inmitten der Toskana.« Sie schob die feinen dunklen Brauen zusammen und bedachte Isabella mit einem Ausdruck der Hochachtung, in den sich eine gehörige Portion Unglauben mischte.

Isabella blieb stumm wie ein Fisch. *Was soll ich beim Papst?*

»Wann?«, fragte Schwester Hildegard nur.

Da Isabella noch immer nach Worten rang, übernahm

Schwester Immacolata die Antwort: »Übermorgen.« Sie stieß einen leisen Pfiff aus. »Die haben es aber eilig.«

Schwester Isabella ahnte nichts Gutes …

Kapitel

2

»Ich kann es immer noch nicht fassen, dass ausgerechnet ich dich begleiten darf.« Im Gehen drückte Schwester Immacolata Isabellas Hand so fest, dass es schmerzte. »Danke!«

»Da gibt es nichts zu danken«, entgegnete Isabella und versuchte, nicht erneut die schwere Reisetasche von ihren Schultern rutschen zu lassen. »Das Los hat so entschieden.«

Immacolata grinste. »Ja, ich Glückspilz.«

Auch Isabella hielt sich für einen Glückspilz. Hätte sie nicht das Los entscheiden lassen, sondern auf ihr Recht als Äbtissin gepocht und diktatorisch entschieden, wäre ihre Wahl ebenfalls auf Schwester Immacolata gefallen.

Nicht dass sie die Älteste unter ihnen mehr mochte als die anderen Schwestern. Aber der Frühlingsanbruch war eine arbeitsreiche Zeit in den Klostergärten. Sie konnten es sich schlichtweg nicht leisten, zwei ganze Arbeitskräfte zu verlieren. Und da Immacolata aufgrund ihres Alters ohnehin nicht mehr in den Beeten eingesetzt wurde, war es so das kleinste Übel.

Natürlich hätte sie auch allein nach Rom fahren können. Doch die Einladung galt für zwei – und ihre Mitschwestern hätten es ihr krummgenommen, wenn nicht wenigstens eine von ihnen mitgedurft hätte.

Isabella betrachtete es als göttliche Fügung, dass ausgerechnet Immacolata von allen Schwestern, die mit nach Rom wollten, das längste Hölzchen gezogen hatte.

»Aber ich muss dich warnen«, sprach Immacolata weiter. »Ich schnarche. Bloß dass du's weißt … falls wir ein Doppelzimmer bekommen sollten.«

»Und wenn schon.« Isabella wollte mit den Schultern zucken, doch die einschneidende Reisetasche ließ diese Bewegung nicht zu. »Ich bin einiges gewohnt.« Das war keine Übertreibung. Sie hatte zuletzt ein paar gemeinsame Nächte mit Schwester Hildegard verbracht, als in einem Kochwettbewerb die beste Tomatensoße der Toskana gesucht wurde. Gegen die Klosterköchin wirkte selbst ein übergewichtiger Bauarbeiter mit ausgeprägter Schlafapnoe wie ein Neugeborenes beim Mittagsschläfchen.

Außerdem würde Isabella heute Abend bleiern vor Erschöpfung ins Bett fallen. Sie warf einen leidvollen Blick auf den klappernden Trolley, den sie hinter sich herzog. Es war nicht ihrer, sondern der von Immacolata. Das Teil war schwer und – entgegen seinem eigentlichen Verwendungszweck – absolut unhandlich.

Er war so vollgestopft, dass er gänzlich aus der Form geraten war. Außerdem schien er einmal unter die Räder eines Lastwagens gekommen zu sein, denn das vordere rechte Plastikrad stand in einem unnatürlichen Winkel ab und lief überhaupt nicht mehr rund. Das Kopfsteinpflaster der kleinen Parallelstraße zur Viale Vaticano verlangte dem Koffer alles ab.

Isabellas Zorn darüber ließ sich nicht länger im Zaum halten: »Mia Madre, was schleppst du alles mit dir rum?«

»Na, das, was Frau halt so braucht.« Die alte Schwester, die drei Schritte voranging, hob die Hand, ohne sich zu ihr umzudrehen, und zählte auf: »Hildegards Tomatensoße, meine Pantoffeln, Wechselwäsche, ein Tonikum, ein Glas mit meiner Lieblingsmarmelade, das Brot, das mir so gut bekommt. Ein Fläschchen von dem Klostergrappa zum Einschlafen, ein kleines Kopfkissen, Haarnetze, meine Heizdecke …«

Isabella warf Immacolatas Hinterkopf einen entgeisterten Blick zu. »Wozu eine Heizdecke? Es ist Frühling.« Zur Bestätigung ihrer Worte hob sie den Kopf und blickte in den strahlend blauen Himmel, der sich nahezu wolkenlos über ihnen ausbreitete. Es war ein herrlicher Frühlingstag mit angenehm warmen Temperaturen und einem lauen Lüftchen, das ihre Gewänder umwehte.

Ihre Mitschwester drehte sich noch immer nicht zu ihr um, reckte dafür aber den Zeigefinger in die Höhe. »Komm du mal in mein Alter, dann unterhalten wir uns noch einmal, Fräulein. Und jetzt beeil dich ein bisschen. Ich glaube, da vorne ist die Adresse, zu der wir müssen.« Immacolata beschleunigte den Schritt.

Für eine Frau ihres Alters war sie unverschämt rüstig. Isabella schrieb dies dem asketischen Klosterleben zu, dass dem Körper kaum die Zeit ließ, um sich auf seinen morschen Knochen auszuruhen. Die Agilität, die Immacolata an den Tag legte, vermisste Isabella in jeder Sehne.

Die Anreise nach Rom im überfüllten Vivalto-Regionalzug war beschwerlich gewesen. Hauptsächlich deshalb, weil sie eine unglaubliche Müdigkeit geplagt hatte.

Seit dem Erhalt des vatikanischen Briefes hatte sie kaum ein Auge zugemacht. Zu sehr waren ihre Gedanken damit beschäftigt gewesen, sich die wildesten Szenarien auszumalen, die sie in Rom erwarten würden.

Und dann noch das Gepäck, mit dem Immacolata reiste. Der altertümliche Trolley war so sperrig und ruckelig, dass es für die alte Schwester kaum zumutbar war, den Koffer selbst hinter sich herzuziehen.

Isabella versuchte, all das Negative auszublenden und sich auf das zu konzentrieren, was vor ihr lag. Die Sixtinische Kapelle, all die Museen, der Petersplatz, die Säulengänge des Petersdoms. Sie war noch nie in Rom gewesen – schon gar nicht in der Vatikanstadt. Und es gab so vieles, das sie entdecken wollte. Allerdings zerrte das Reisegepäck an ihr wie Eisenketten.

Sich ihrem Schicksal ergebend, quälte sie sich mit dem Gepäck über das Kopfsteinpflaster. Direkt vor ihnen lag die riesige Kuppel des Petersdoms, die über allem thronte. Es war faszinierend, Dinge in echt zu sehen, die sie sonst nur aus dem Fernsehen kannte.

Ebenso war es ihr ergangen, als sie als Jugendliche an einem Schüleraustauschprogramm teilgenommen und zum ersten Mal vor dem Eiffelturm gestanden hatte. Ein wenig war sie enttäuscht gewesen, da sie sich den Turm in ihrer Fantasie viel größer vorgestellt hatte.

»Ist es nicht wunderschön hier?«, rief Immacolata freudig.

Sie hatte ein Einsehen mit Isabella und ließ sich zurückfallen und drehte sich zu ihr um. »Ich hätte nie geglaubt, dass ich die Vatikanstadt mein Lebtag noch einmal zu Gesicht bekommen würde.« Ruckartig schlug sie ihre Hände zusammen und schloss für zwei Sekunden die Augen.

Isabella schnaufte. »Vor allem ist hier eine Menge

los.« Unzählige Menschen waren auf der Straße unterwegs. Sie vermochte nicht zu sagen, wer die Mehrzahl stellte: Touristen und Schaulustige oder Pilger. Letzteres war wahrscheinlicher.

Denn Mittwoch war der Audienztag und somit die beste Gelegenheit, dem Papst tatsächlich zu begegnen. Hin und wieder erblickte sie auch Angestellte des Vatikans. Bischöfe in ihren schwarzen Roben und mit den violetten Scheitelkäppchen auf den Köpfen, Männer in Geschäftsanzügen und Schwestern wie sie.

»Danke, Isabella! Dass ich das noch einmal erleben darf.« Ihre Mitschwester war so abrupt vor ihr stehen geblieben, dass Isabella beinahe in sie hineingestürmt wäre. Nur ein großer Ausfallschritt bewahrte sie vor dem Zusammenprall.

Mit ihrem Ausweichmanöver lief sie geradewegs in die Arme eines großen, aber hageren Mannes, der entsetzt aufschrie und dabei eine Aktentasche fallen ließ, die prompt aufsprang und deren gesamter Inhalt sich auf dem Boden verteilte. Ihre Augen weiteten sich vor Schreck, und ihr Blick fiel auf einen kullernden Apfel und einen Haufen loser Blätter, die just in dem Moment von einer plötzlich aufkommenden Windböe erfasst wurden und davonflatterten.

»Oh nein!« Sie hielt sich gleichzeitig die Hand vor den Mund und stürzte zu Boden, um mit ihrem gesamten Körpereinsatz die Blätter vom Davonflattern abzuhalten.

Der Mann starrte erst fassungslos sie, dann seine davonfliegenden Papiere an. Ein paar Passanten stürmten herbei und halfen beim Aufsammeln.

Isabella hatte eine Entschuldigung auf den Lippen, doch der Mann kam ihr zuvor. Ohne Vorwarnung deckte er sie mit wüsten Beschimpfungen ein – in einer Sprache, die sie nicht verstand, aber in einem Tonfall, der keinen Zweifel daran ließ, dass es alles andere als wohlwollende Worte waren.

Die Fäuste in die Hüften gestemmt, hatte er sich vor ihr aufgebaut und sah unverhohlen auf sie herab. Zunächst erblickte sie die blutrote Soutane. Eine ebenso rote Scheitelkappe lag neben dem Aktenkoffer. Vermutlich war sie dem Mann beim Zusammensturz heruntergefallen.

Isabella hob den Blick und sah direkt in das vergrämte, faltige Gesicht des Mannes. Er hatte längere dunkle Haare, dunkle Augen und, seinem barschen Auftreten nach zu urteilen, ganz bestimmt auch eine dunkle Vergangenheit.

»Verzeihung, Eure Eminenz. Das ist mir außerordentlich peinlich.« Hatte Isabella die Hoffnung gehabt, diese Person mit ihrer Entschuldigung zu besänftigen, so irrte sie sich gewaltig.

»Sie dumme Kuh!« Der Mann spuckte die Wörter förmlich aus und traf Isabella damit so unerwartet, dass sie überhaupt nicht wusste, wie ihr geschah. Sie schnappte nach Luft.

»Ach Gottchen.« Schwester Immacolata trat an Isabellas Seite und bot dem missmutigen Mann die Stirn. »Nun regen Sie sich doch nicht so auf. Es war doch keine Absicht.«

»Es tut mir wirklich leid«, sagte Isabella noch einmal und legte eine Handvoll aufgeklaubter Blätter zurück in den Aktenkoffer. Passanten taten es ihr gleich, doch auch für die hatte der Mann keine freundlichen Worte übrig. Er beachtete sie schlichtweg nicht.

Grummelnd beugte er sich nach vorn, hob die Kappe auf, setzte sie sich unwirsch auf den Kopf und klappte den Aktenkoffer zu. Seine letzten Blicke galten abwechselnd Isabella und Immacolata. Die Augen funkelten zornig auf, während sich sein Mund öffnete. »Ihr … Dorfpomeranzen!«

Isabella starrte ihn fassungslos an. Doch der Mann stampfte wütend an ihr vorbei und marschierte weiter seines Weges.

Noch immer auf dem Boden kauernd, sah sie ihm nach. Die Soutane flatterte an ihm im Wind. Er war wirklich dünn, und sein Gang hatte etwas Spinnenartiges.

»Bitte, was hat er gesagt?«, fragte Immacolata ungläubig.

Isabella wollte es ihr sagen, doch dann schüttelte sie nur den Kopf, fügte sich ihrem Schicksal und stand auf und zog den Trolley hinter sich her.

»Was für ein ungehobelter Mensch!« Immacolata klopfte sich nicht vorhandenen Staub von ihrem Gewand, als könnte sie damit die unangenehme Konfrontation mit dem Kardinal von sich abschütteln. Dass es ein ehrwürdiger Kirchenmann war, hatte Isabella sofort an dessen Aufmachung erkannt. Denn das rote Gewand war in der Regel den Kardinälen vorbehalten.

Schweigend, eine jede in ihre Gedanken versunken, setzten sie ihren Weg fort und schoben sich vorbei an unübersichtlichen Menschenmassen. Überall wurden Fotos gemacht, mitten auf den Wegen angehalten, um sich Gebäude anzuschauen und in Reiseführern herumzublättern, um mehr darüber zu erfahren.

Isabella konnte all den Trubel verstehen. Sie fühlte sich sogleich vom Zauber dieses Ortes gefangen. Es war, als merkte sie jedem Pflasterstein und jeder Straßenecke an, dass hier Geschichte geschrieben worden war. Eben ein Hauch der Ewigkeit, der durch die Straßen und Gassen wehte.

Zu gern hätte sie selbst innegehalten und sich wenigstens die vatikanischen Gärten angesehen, an denen sie seit einer ganzen Weile vorbeimarschierten. Doch Schwester Immacolata drängte zur Eile, damit sie rechtzeitig zum Mittagessen im Gästehaus waren. Denn jede Minute später brachte ihren Verdauungstrakt durcheinander, und sie riskierte so das für sie so heilige anschließende Mittagsschläfchen.

»Da vorne ist es«, rief sie aufgeregt.

Isabellas Blick folgte Immacolatas ausgestreckter Hand, die auf ein direkt an den Vatikanischen Gärten gelegenes schmuckes Gebäude zeigte. Sie staunte. »Das ist kein Haus, das ist eine Villa!«

Immacolata grinste sie an. »Tja, für die Schwestern Santa Caterinas eben nur das Beste.«

Isabella schaffte es kaum, die Augen von diesem wunderschönen Gebäude abzuwenden. Ihr Blick schweifte in die Höhe, wanderte an zwei weißen Säulen hinauf, die einen großen Balkon mit weißen Stuckbalustraden trugen, die hell in der Morgensonne aufglänzten.

Die gesamte Fassade des Anwesens war aus hellem Sandstein. Nur das Dach erstrahlte im Rot der Terrakottaziegel. Rund um das Gebäude wuchs üppiges Grün, sodass der Übergang zu den angrenzenden Vatikanischen Gärten kaum zu erkennen war.

Eine weitläufige Treppe mit flachen Stufen führte zum Eingangsportal, das von zwei Männern in blau-gelb-roten Trachtenuniformen flankiert wurde. Auf ihren Köpfen saßen schwer aussehende Helme mit rotem Federschmuck. Schweizer Gardisten, wie Isabella wusste. In dieser Aufmachung und mit den langen Hellebarden in den Händen, sahen sie wahrhaft imposant aus.

Isabellas Unsicherheit gewann zunehmend die Oberhand. Sie hatte noch nie in einem Haus genächtigt, das überwacht worden war. Womit nur wurde ihr diese zweifelhafte Ehre zuteil?

Mit vorsichtigen Schritten trat sie bis vor die erste flache Treppenstufe und hob noch einmal den Kopf. Die beiden Gardisten blickten stur geradeaus und schenkten den Ordensschwestern scheinbar wenig Aufmerksamkeit.

Auf ein stummes Nicken hin setzten sich Isabella und Immacolata in Bewegung und nahmen die flachen Stufen in Angriff. Schwester Immacolata leicht und beschwingt. Isabella unter Stöhnen und Ächzen. Das Gewicht des Reisetrolleys und der Reisetasche lastete schwer auf ihr.

Gerade hatten sie die oberste Stufe erreicht, als ein Mann und eine Frau aus dem Gebäude auf sie zukamen. Der Mann trug ein dunkles kirchliches Gewand, die Frau eine klassische Haushälterinnenrobe in gedeckten Farben. Sie war eine hübsche Frau mit üppiger Figur und attraktivem Lächeln.

Kaum war der Mann auf sie zugetreten, kam Spannung in die beiden Gardisten. Sie stellten ihre Beine auseinander und rammten ihre Hellebarden auf den Boden.

Isabella fuhr vor Schreck zusammen, was den Mann amüsiert grinsen ließ. »Salve, Schwestern. Herzlich willkommen im Dimora Santa Maria!« Der sympathisch lächelnde Mann schüttelte den Schwestern überschwänglich die Hände. Dabei strahlten seine tiefblauen Augen so intensiv, dass sich um sie herum zarte Falten fächerförmig ausbreiteten. »Sie müssen Schwester Immacolata und Äbtissin Isabella aus Santa Caterina sein.«

»Das sind wir!«, erwiderte Isabella.

Er wirkte auf sie nur wenig älter als Matteo. Er hatte dichtes schwarzes Haar und gab in der eleganten Robe mit den violetten Applikationen am Revers eine gute Figur ab.

»Ich bin Erzbischof Luigi Demetrio, und meine zauberhafte Begleitung ist Amelia Muratori. Wir sind in den nächsten Tagen für Ihr Wohl verantwortlich und freuen uns sehr auf die Zeit mit Ihnen.«

»Das ist aber nett«, sagte Immacolata erfreut.

Schwester Isabella lächelte höflich, doch sie wunderte sich im Stillen. Dieser Mann war recht jung für einen Bischof – obendrein für solch einen Ehrentitel, was wiederum bedeutete, dass er eine besondere Amtsstellung innehatte.

Schwester Immacolata schien die Neugier ebenso gepackt zu haben. »Warum steht die Schweizer Garde vor der Tür? Hat es einen Grund, dass dieses Haus so sehr bewacht wird?«

»Nun ja.« Demetrio räusperte sich umständlich. »Der Grund dafür bin wohl ich, da auch ich hier wohne.« In seinem Gesicht nistete sich ein schiefes Grinsen ein. »Ich bin mehr oder weniger der persönliche Sekretär des Papstes.«

»Mehr oder weniger?«, hakte Isabella nach.

Die Haushälterin schmunzelte. »Eure Exzellenz Demetrio ist der Privatsekretär Seiner Heiligkeit und somit die wohl zweitwichtigste Person im Vatikan.« Aus dem Schmunzeln wurde ein liebenswürdiges Grinsen. »Aber er ist viel zu bescheiden, um darum viel Wind zu machen.«

In der Tat glaubte Isabella zu erkennen, wie sich die Wangen des Mannes ein wenig röteten. Das machte ihn in ihren Augen nur sympathischer.

Er schlug die Hände zusammen und schüttelte unwirsch den Kopf. »Nun denn, Sie hatten sicherlich eine anstrengende Reise. Von der Toskana bis nach Rom sind es schließlich einige Hundert Kilometer. Lassen Sie Ihr Gepäck doch hier stehen. Es wird für Sie auf Ihre Zimmer gebracht.«

»Wir haben für Sie die Da-Vinci-Suite hergerichtet«, sagte Amelia und klang dabei ein wenig stolz.

»Suite?«, raunte Immacolata ungläubig.

Demetrio wollte etwas erwidern, als ein weiterer Schweizer Gardist die Treppe hochmarschiert kam – ein nett aussehender junger Mann mit dunklen Haaren, markantem Kinn und tiefgründigen Augen.

Demetrio grüßte ihn freudig: »Flavio, mein Korporal. Was gibt es denn?«

Ehe der Mann sprach, nickte er entschuldigend den beiden Schwestern zu. Er verwickelte den Erzbischof in ein leises Gespräch, dessen Inhalt Isabella nicht verstand. Der Sekretär wirkte mit jedem Satz, der gewechselt wurde, angespannter.

Nachdem das letzte Wort ausgetauscht worden war, stieg er wieder die Treppe hinab und ging seines Weges. Isabella blickte ihm irritiert hinterher.

Demetrio lächelte gequält, als sie ihn wieder ansah. »Entschuldigen Sie die Unterbrechung, aber Sie kommen zu einem, nun ja, merkwürdigen Zeitpunkt in der Vatikanstadt an. Ihnen wird wohl nicht entgangen sein, dass wir in der internationalen Presse momentan nicht gerade gut dastehen.«

Isabella nickte verständnisvoll. Sie wusste sogleich, worauf Demetrio hinauswollte. Im Grunde machte sie sich nichts aus der Klatschpresse. Doch der Skandal, mit dem sich der Vatikan herumplagen musste, beherrschte die landesweiten Medien.

Auf der Fahrt nach Rom hatte sie eine auf dem Nachbarsitz liegen gelassene *La Stampa* zur Hand genommen und sogar einen Artikel darüber gelesen. Irgendwie war ans Tageslicht gekommen, dass es bei der Heiligsprechung eines verstorbenen Geistlichen in Guatemala nicht mit rechten Dingen zugegangen war. Wohl deshalb, weil diese Person überhaupt nicht die Anforderungen für eine Kanonisierung erfüllte.

Findige Journalisten hatten daraufhin aufgedeckt, dass im großen Stil bestochen worden war – offenbar, um den Geburtsort des verstorbenen Geistlichen touristisch attraktiver zu machen, wenn er eben seliggesprochen wurde. Wenn Isabella sich richtig an den Artikel erinnerte, war der dafür verantwortliche Kardinal zur Rechenschaft gezogen und strafversetzt worden. Dennoch stellte dieser Skandal einmal mehr die Glaubwürdigkeit des Vatikans infrage.

»Wir vermuten einen Maulwurf in unseren Reihen«, erklärte Demetrio unverhohlen und musterte die beiden Schwestern abwechselnd und mit ernstem Blick. »Sie sehen also, dass das Aufgebot der Schweizer Gardisten nicht nur meiner Person gilt.« Ein verschmitztes Lächeln fand den Weg zurück in sein Gesicht.

»Das ist ja schrecklich«, fuhr es aus Schwester Immacolata heraus.

Der Sekretär winkte ab. »Ach, Skandale und Krisen gab es im Vatikan immer. Ich bin guter Dinge, dass wir auch diese überstehen und den Maulwurf aufspüren werden. Ich hoffe es zumindest«, fügte er leise hinzu. »Bislang haben wir nicht den Hauch einer Spur.« Er verzog das Gesicht, straffte sich dann und strich seine Soutane glatt. »Aber ich will Sie nicht länger mit den Problemen des Vatikans belästigen. Die müssen Sie wirklich nicht zu den Ihren machen. Davon abgesehen werden Sie bestimmt hungrig sein.«

»Und ob!«, erwiderte Immacolata voller Inbrunst.

Stimmt, ging es Isabella durch den Kopf. *Probleme haben wir wahrlich selbst genug.*

Kapitel

3

»Ich hoffe, es ist alles gemäß Ihren Wünschen.« Die Haushälterin vollführte eine Geste, die die ganze Suite zu umfassen schien.

»Es ist perfekt!« Immacolata faltete die Hände und bedachte Amelia mit einem wohlwollenden Lächeln. »Ich glaube, Sie müssen mich am Tag unserer Abreise hier rauszerren!«

Isabella konnte sich der Begeisterung nur anschließen. Die Da-Vinci-Suite war riesig. Sie hatten sogar getrennte Schlafzimmer, zwei Bäder und einen Gemeinschaftsraum, der auf einen kleinen Balkon mit Blick auf die vatikanischen Gärten führte. Und überall gab es kunstvolle Gemälde des Namensgebers der Suite, Skulpturen und üppige Pflanzen in aufwendig verzierten Tonpflanzen. Das Appartement wirkte wie einem Einrichtungskatalog entsprungen.

»Überhaupt ist es ein wundervolles Haus, in dem Sie uns beherbergen.«

Die Haushälterin nickte zustimmend. »Das Dimora Santa Maria ist in jeder Hinsicht perfekt«, sagte sie. »Exzellenz Demetrio schätzt die Abgeschiedenheit von den Touristenströmen und zugleich die Nähe zum Vatikan.« Ihr Blick legte sich auf die Fensterfront. »Außerdem liebt er die angrenzenden Gärten.«

»Das ist nur verständlich«, erwiderte Immacolata. »So viel Grün auf einem Haufen habe ich das letzte Mal in Schwester Hildegards Bohneneintopf gesehen.« Sie grinste und legte noch eine Schippe drauf, als sie Amelias irritiertes Gesicht bemerkte.

Isabella wandte sich an die Haushälterin: »Sie können sich wirklich glücklich schätzen, an diesem Fleck arbeiten zu dürfen.«

»Und ob ich das tue, Schwester.«

Isabella erkannte ein leichtes Auffunkeln in den Augen der Haushälterin, während sie an ihrem Dutt herumzupfte, der das wellige rote Haar im Zaum hielt.

Isabella schätzte, dass Amelia Ende dreißig war. Sie hatte die Figur einer Jugendlichen, doch um ihre Augen und Lippen zeigten sich die ersten zarten Falten. Amelia besaß eine natürliche Attraktivität, die nicht vielen Menschen geschenkt wurde.

»Ich arbeite schon mein halbes Leben in der Vatikanstadt.« Sie trat auf die Fensterfront zu und warf einen Blick hinaus.

Isabella tat es ihr gleich. Im Hintergrund der Gärten zeichnete sich der imposante Petersdom ab. Er war so groß, dass er von allen Ecken und Winkeln Roms aus zu sehen war. Isabella kam aus dem Staunen nicht heraus. Der Blick aus dem Fenster glich der Betrachtung eines kunstvollen Gemäldes. Wenn sie doch bloß das Handwerk des Malens erlernt hätte. Sie würde Raum und Zeit vergessen und nichts anderes tun, als diesen Eindruck auf eine Leinwand zu bannen.

»Wie ist es denn so, im Vatikan zu arbeiten?«, wollte

Schwester Immacolata wissen. Sie hatte sich direkt vor das Fenster gestellt und Isabella damit die Aussicht genommen.

»So schön, dass ich mir nichts anderes mehr vorstellen kann«, rief Amelia begeistert. »Ob Sie es glauben oder nicht, aber hier, in diesem Haus, habe ich meine Berufung gefunden.«

»Und was sind genau Ihre Aufgaben?«, fragte Isabella.

Amelia neigte den Kopf und schien kurz über diese Frage nachzudenken. »Nun«, begann sie nach einer Weile, »die Arbeit für den Privatsekretär des Papstes unterscheidet sich in vielen Dingen von den Tätigkeiten einer normalen Haushälterin.« Sie grinste. »Allein schon, dass zu jeder Zeit der Papst hereinschneien könnte, stellt eine außerordentliche Besonderheit dar. Finden Sie nicht?« Schwester Immacolata bekam große Augen und schlug hastig ein Kreuz. »Sie meinen, er könnte jeden Moment, hier durch diese Tür …?«

Isabella stupste ihre Mitschwester an, damit sie sich wieder beruhigte.

»Es ist eine ehrenvolle und verantwortungsvolle Aufgabe«, bemerkte Amelia weiter. »Man könnte es wohl am ehesten mit dem Management eines Hotels vergleichen. Wir beherbergen Gäste aus aller Welt.« Sie bedachte Schwester Isabella mit einem bedeutungsschwangeren Blick. »Erlesene Gäste, die vom Heiligen Vater persönlich ausgesucht wurden.« Sie senkte ihre Stimme zu einem verschwörerischen Flüstern. »Sie glauben gar nicht, wer schon alles in den Betten dieser Suite genächtigt hat.«

»Wer?«, fragte Immacolata aufgeregt. »Popstars? Weltfußballer? Berühmte Schauspieler? Jemand von der Royal Family?«

Amelia schmunzelte und gab sich einem vorsichtigen Nicken hin, was Schwester Immacolata nach Luft schnappen ließ. »Namen! Nennen Sie einen Namen. Bitte!«

Die Haushälterin presste ihre Lippen fest aufeinander und schüttelte unbarmherzig den Kopf.

»Wenigstens einen«, flehte Immacolata. »Julio Iglesias? Eros Ramazzotti? Messi? Sean Connery? Harry und Meghan?«

Amelia schwieg eisern, und Isabella wollte gerade den Eifer ihrer Mitschwester ausbremsen, als sich die Zimmertür schwungvoll öffnete und eine junge Frau ins Zimmer gestürmt kam. »Oh, scusi. Ich dachte, die Damen seien bereits bei …«

»Vittoria!«, platzte es wütend aus Amelia heraus. »Wie oft habe ich dir gesagt, dass du nicht einfach so in die Räumlichkeiten unserer Gäste kommen kannst. Du hast anzuklopfen!« Amelia stemmte die Fäuste in die Hüften und warf einen vorwurfsvollen Blick auf das junge Mädchen, das ebenfalls eine Haushälterinnen-Uniform trug.

Diese hatte mit beiden Händen einen Stapel schneeweißer Handtücher umfasst, die sie nun schützend vor die Brust hielt.

»Aber das macht doch überhaupt nichts.« Isabella hob beschwichtigend die Arme, trat dann auf die junge Haushälterin zu, um das Bündel mit den frischen Handtüchern in Empfang zu nehmen. Dabei schenkte sie ihr ein aufmunterndes Lächeln, das jedoch unerwidert blieb.

Die Handtücher verblieben zudem in den Händen der Haushälterin. Mit einem Ruck drehte sie sich von Schwester Isabella weg. Isabella senkte die Arme.

Die junge Frau sah Amelia mit zusammengekniffenen Augen und spitzen Lippen an. Isabella kam es so vor, als würde ihr Blick Funken versprühen. Es war unschwer zu erkennen, dass die beiden keine Freundinnen waren.

»Sie müssen meine Auszubildende entschuldigen«, sagte Amelia, ohne den Blick von der jungen Frau abzuwenden. »Vittoria ist noch nicht lange bei uns und bisweilen etwas ... ungestüm.«

Diese drückte den Stapel Handtücher fest an sich und reckte das Kinn empor. »Tja, es kann nicht jede von uns so weltoffen und ohne Schuld sein! Schon gar nicht bei der Auswahl ihrer *Freunde,* die an Orten herumschnüffeln, die sie nichts angehen.«

Isabella und Immacolata warfen sich einen fragenden Blick zu. Amelia schnappte hörbar nach Luft, erwiderte aber nichts darauf. Die beiden lieferten sich noch ein kurzes Blickgefecht, bis die junge Frau stolz und aufmüpfig auf dem Absatz kehrtmachte und die Tür fest hinter sich zuzog.

Beim lauten Einschnappen des Türschlosses zuckte Amelia zusammen. Doch sie hatte ihre Gefühle rasch wieder unter Kontrolle, als sie sich den Schwestern zuwandte.

»Entschuldigen Sie«, sagte sie leise. »Es ist nicht immer leicht mit Vittoria. Verstehen Sie mich bitte nicht falsch, wir können wahrlich froh darüber sein, eine Hilfe wie Signorina Vittoria zu haben. Sie ist fleißig und äußerst dienstbeflissen – doch das vielleicht ein wenig zu sehr.« Wieder senkte sich ihre Stimme. »Unter uns, obwohl sie so jung ist, ist sie äußerst konservativ. Ehrlich, sie ist katholischer als der Papst.« Amelia lachte leise über ihren kleinen Witz, und Immacolata stimmte lauthals ein, als auch sie den Scherz verstand. Schließlich zuckte die Haushälterin unbekümmert mit den Schultern. »Sie wird es noch lernen, sich zurechtzufinden. Sie braucht eben noch ein wenig Zeit.«

Isabella lauschte ihren Worten, doch sie hatte nicht das Gefühl, dass Amelia wirklich viel für ihre Auszubildende übrighatte.

Doch ehe sie länger über diesen Gedanken nachdenken konnte, klopfte es zweimal an der Tür. Nahezu gleichzeitig senkte sich die Türklinke, und das freundliche Gesicht des päpstlichen Sekretärs schob sich in den Türspalt.

»Schwester Isabella, Schwester Immacolata. Wo bleiben Sie denn?« Demetrio warf einen hektischen, ja, geradezu mahnenden Blick auf die goldene Uhr an seinem Handgelenk. »Der Papst wartet auf Sie!«

Kapitel

4

Isabella dachte angestrengt nach, wann sie das letzte Mal in ihrem Leben solch eine Unruhe erfüllt hatte. Es wollte ihr kein Moment einfallen.

Sie saß auf einem hübsch verschnörkelten Holzstuhl, der mit hellen Samtpolstern überzogen war, keine dreißig Zentimeter von Schwester Immacolata entfernt, die laut mit ihrem Gebiss im Mund spielte.

Die beiden Schwestern befanden sich im Apostolischen Palast, der offiziellen Residenz des Papstes. Hier war neben den päpstlichen Gemächern die Verwaltung des Heiligen Stuhls.

Isabella war sich bewusst, dass genau von diesem Ort die Briefe an sie verfasst worden waren, die die Missstände der Klosterwirtschaft anprangerten. Auch Demetrio hatte hier sein Büro, wie er ihnen erklärt hatte, als er sie und Schwester Immacolata an den Scharen von Touristen vorbeigelotst hatte.

Da saßen sie also nun, in einem eher schlicht eingerichteten Raum mit einem Boden aus hellen und dunklen Marmorfliesen und beigefarbenen Tapeten, an denen sich große florale Muster dezent hervorhoben.

Vor einem schweren Schreibtisch aus rötlichem Holz sitzend, warteten sie darauf, dass das Oberhaupt der Kirche sie empfing. Der Heilige Vater. Der Pontifex. Der Papst.

Isabellas Blick richtete sich auf den Schoß von Immacolata, auf dem sie ein übergroßes Einmachglas mit Schwester Hildegards Tomatensoße hielt. Als Gastgeschenk vom Convento di Regina della Pace an Seine Heiligkeit.

Sie kratzte sich am Hinterkopf. Es kam ihr vor, als würden unter ihrem Velan Tausende Ameisen krabbeln. Sie würde tatsächlich gleich den Papst treffen. Wenn die anderen Schwestern sie nur sehen könnten. Oder ihre Eltern. Matteo! Und was würde erst ihr Bruder sagen, wenn sie ihm von ihrer päpstlichen Audienz berichten würde.

Sie wurde aus ihren Gedanken geschleudert, als sich die schwere Doppeltür aufschob. Isabella und Immacolata spannten sich wie ein Bogen. Langsam drehten sie ihre Köpfe zur Tür, aus der sich eine Armada von Menschen in den Raum schob.

Fasziniert starrte Isabella die Geistlichen und Gardisten an, die nach und nach in den Raum traten und sofort zu den Seiten drängten, um für den wichtigsten Mann der katholischen Kirche Spalier zu stehen. Die beiden Schwestern erhoben sich wie auf ein unsichtbares Kommando hin.

Isabella verschränkte ihre Hände hinter dem Rücken, um ihr Zittern zu verbergen. Immacolata hatte derweil im wahrsten Sinne des Wortes alle Hände voll zu tun, das Einmachglas aufzufangen, das ihr beim abrupten Aufstehen vom Schoß gepurzelt war.

Nicht auszudenken, wenn …, dachte Isabella. Sie stieß ein Gebet aus, als Immacolata das Glas gerade noch auffangen konnte.

Und dann sahen sie ihn – den Papst. Er trat in den Raum, dicht gefolgt von schwarzen Gewändern mit roten und violetten Schärpen. Als das Getrampel unzähliger Schuhe auf dem Marmorboden verstummte, wurde es mucksmäuschenstill im Raum.

Isabella konnte es kaum begreifen. Vor ihnen stand der Heilige Vater. Sie hätte nur die Hände ausstrecken müssen, um ihn zu berühren.

Zunächst stand er nur da und betrachtete die beiden Schwestern und kurz darauf das Glas in Schwester Immacolatas Händen. Sein Blick wanderte zu Isabella. Er sah ihr direkt in die Augen. Seine Züge wirkten statuenhaft, doch dann blinzelte er. »Schwester Isabella!« Ein spitzbübisches Grinsen erschien in seinen Zügen. »Und Schwester Immacolata.«

Die alte Schwester japste hörbar nach Luft.

»Es ist so schön, dass wir uns endlich persönlich kennenlernen.« Er hatte eine warme, weiche Stimme, zähfließend und süß wie Lavendelhonig.

Isabella suchte in ihrem Hirn verzweifelt nach Worten der Erwiderung, doch zwischen ihren Ohren herrschte plötzlich eine gähnende Leere. *Der Papst hat mit mir gesprochen,* war ihr einziger Gedanke. Er stand leibhaftig vor ihr, das Kirchenoberhaupt. Der meistgefilmte und meistfotografierte Mensch der Welt.

Er sah sie an und lächelte. Als sie endlich den Mund öffnete, um etwas zu sagen, hob der Papst die Hand und blickte über sie hinweg. »Lasst uns drei bitte allein.«

»Aber«, sagte einer der Geistlichen, der unmittelbar neben dem Schreibtisch Stellung bezogen hatte.

»Nichts aber«, sagte der Papst sofort. »Oder glaubt

ihr, ich hätte etwas von den beiden netten Damen zu befürchten?«

»Nette Damen?« Immacolata kicherte auf.

»Wie Eure Heiligkeit wünschen.« Sofort setzte das erneute Getrappel Dutzender Füße ein. Für Isabellas Ohren klangen die flatternden liturgischen Gewänder der Geistlichen wie die Flügelschläge aufgeregter Fledermäuse. Nur wenige Sekunden später schlossen sich die schweren Türen von außen.

»Bitte, setzen Sie sich doch.« Der Papst tat es ihnen gleich und nahm hinter dem Schreibtisch Platz. Er stöhnte leise und warf einen missmutigen Blick in Richtung Tür. »Als Papst ist es wahrlich nicht leicht, ungestört zu sein.« Er betrachtete die beiden Schwestern interessiert. »Außerdem herrscht gerade eine gewisse Anspannung in unserer Stadt, wie sie vielleicht schon selbst mitbekommen haben.«

Schwester Immacolata nickte eifrig, doch Isabella wagte es nicht, ihm in die Augen zu schauen. Stattdessen musterte sie seine Soutane in strahlendem Weiß – der Farbe, die ausschließlich dem Papst vorbehalten war. Sie symbolisierte Unschuld und Reinheit.

Sie musterte den Mann, den sie schon so oft im Fernsehen gesehen hatte und dessen Porträt in ihrer Kammer über dem Bett hing. Gänzlich fremd waren sie sich nicht, immerhin hatten sie schon miteinander telefoniert. Dennoch war ihm leibhaftig gegenüberzusitzen mehr als unwirklich.

Über dem Gewand trug er einen seidenen Schulterüberwurf, darüber das Pektorale. Es war versilbert, was Isabella sehr gefiel. Dunkel erinnerte sie sich an seine Vorgänger, die schwere goldene Kreuze umgehängt hatten. Dieses verhältnismäßig kleine Kreuz schien die Bescheidenheit des Mannes zu unterstreichen.

Isabella nahm hörbar Luft. Sie hatte tatsächlich das Atmen vergessen. »Wir haben Ihnen ein Geschenk mitgebracht, Eure Heiligkeit. Tomatensoße.« Sie räusperte sich angestrengt. »Sie ist von unserer Klosterköchin, Schwester Hildegard.«

Auf den leicht verstört wirkenden Blick des Papstes hin fügte Schwester Immacolata hastig hinzu: »Es ist nicht irgendeine Tomatensoße. Sie hat einen Preis damit gewonnen. Das hier …«, sie streckte ihm das Einmachglas entgegen, »… ist hochoffiziell die beste Tomatensoße der Toskana.« Die alte Schwester grinste so stolz, als hätte sie höchstpersönlich das Rezept erfunden.

Der Papst musterte eine Sekunde lang das selbst gestaltete Etikett und schob anerkennend das Kinn nach vorn. »Dann weiß ich ja, was es heute Abend zu essen gibt.« Wieder zeigte sich das leicht schelmische Grinsen in seinen sanften Zügen. Er hob die Hand und rückte sich den Pileolus zurecht. In seinem freundlichen runden Gesicht thronte eine ebenso runde Nickelbrille mit kleinen Gläsern.

»Eure Heiligkeit, verzeihen Sie bitte meine ungestüme Frage, aber …« Isabella setzte sich auf ihre Hände und beugte sich räuspernd nach vorn. Sie hielt diese Ungewissheit nicht länger aus. »Warum sind wir hier? Was verschafft uns die Ehre dieser persönlichen Audienz?« Aus dem Augenwinkel vernahm sie, wie Schwester Immacolata nervös auf dem Sitz herumrutschte. War sie zu weit vorgeprescht? Doch ein Blick in das Gesicht ihres Gegenübers wischte sämtliche Zweifel beiseite.

Der Papst lächelte sie an. Wohlwollend und gütig. »Um mich bei Ihnen zu bedanken, Schwester Isabella.« Seine Hand wanderte nach unten, und er zog ein Schubfach des Schreibtisches auf.

Nur kurz darauf brachte er eine Porzellanfigur zum

Vorschein, die er auf dem Tisch abstellte. Es war niemand Geringeres als Papst Paul der Sechste, der ihnen entgegenstrahlte. »Ihrem unermüdlichen Einsatz ist es zu verdanken, dass ich nicht nur meine Lieblingskeramikfigur unbeschadet zurückerhalten habe, sondern auch den Siegelring meines Vorgängers.« Er griff in die Außentasche seiner Soutane und brachte den zerbrochenen Ring von Papst Paul zum Vorschein, den er ebenfalls auf den Tisch legte.

»Diese beiden Dinge sind von unschätzbarem Wert für mich. Da ist es das Mindeste, dass ich mich persönlich bei Ihnen bedanke.« Sein Lächeln ließ den ganzen Raum erstrahlen.

Isabella schüttelte den Kopf. »Das war doch nichts, Eure Heiligkeit. Ich hatte Glück beim Finden und …« Der Papst hob die Hände, woraufhin Isabella augenblicklich verstummte.

»Ich habe bereits viel von Ihnen und Ihrem Spürsinn gehört«, sagte er. »Es heißt, dass sie ein geschicktes Händchen beim Auflösen von Verbrechen haben.«

»Geschicktes Händchen?« Schwester Immacolata lachte ungehalten auf. »Unsere Äbtissin hat eine Spürnase wie Sherlock Holmes. Seit sie in Santa Caterina ist, bleibt keine Freveltat ungesühnt.«

Isabella warf ihrer Mitschwester ein mahnendes Blinzeln zu, doch der Papst lachte nur. »Ich glaube, dass wir jemanden wie Sie sehr gut hier bei uns brauchen könnten.« Er beugte sich nach vorn und sah die beiden Schwestern verschwörerisch an. »Bestimmt ist Ihnen zu Ohren gekommen, dass wir in der Presse gerade gar nicht gut wegkommen.«

Isabella nickte vorsichtig.

»Tragischerweise gibt es wohl jemanden in unseren

Reihen, der es darauf angelegt hat, der Kirche Schaden zuzufügen.«

Der Papst seufzte und nahm tief Luft. »Aber das soll beileibe nicht Ihre Sorge sein. Im Gegenteil: Als Zeichen meiner Freude über diese Figur ...«, er strich liebevoll über den Keramikkopf des Papstes, »... wäre es mir eine große Ehre, Sie die nächsten Tage als meine ganz persönlichen Gäste begrüßen zu dürfen.«

»Liebend gern!« Immacolata jauchzte geradezu auf.

»Fühlen Sie sich in der Vatikanstadt wie zu Hause, und lassen Sie sich von meinem Privatsekretär alles zeigen. Ich bin mir sicher, dass ...«

Etwas lenkte die Aufmerksamkeit des Papstes ab. Kurz darauf hörte Isabella ein entschuldigendes Räuspern in ihrem Rücken. Sie drehte den Kopf zur Tür und sah einen Präfekten, der sich eine Faust vor den Mund hielt. »Eure Heiligkeit, ich bedaure die Störung, aber Ihr nächster Termin wartet bereits.«

»Oh.« Der Papst warf Isabella und Immacolata einen entschuldigenden und beinahe traurigen Blick zu. »Wo ist denn die Zeit nur hin?« Er seufzte laut auf. »Das ist äußerst bedauerlich. Ich hätte mich noch so gerne weiter mit Ihnen unterhalten.« Beim Aufstehen fand er zurück zu seinem einnehmenden Lächeln. »Aber vielleicht ergibt sich während ihres Aufenthaltes ja noch die Gelegenheit dazu. Und wenn es irgendetwas gibt, dass ich für Sie tun kann, Schwester Immacolata und Schwester Isabella, so lassen Sie es mich wissen. Ich stehe tief in Ihrer Schuld.«

Wie versteinert sahen sie dem Papst dabei zu, wie er an ihnen vorbeischritt, dann in der Bewegung innehielt und noch einmal an den Schreibtisch zurückkehrte, um das Einmachglas mit Schwester Hildegards Tomatensoße an sich zu nehmen, wonach er schließlich durch die Tür verschwand.

»Das war also der Papst«, murmelte Isabella nach einer ganzen Weile ehrfürchtiger Regungslosigkeit. Ihr Herz trommelte noch immer hart in ihrer Brust.

»Hm«, gab Schwester Immacolata nachdenklich von sich. »All dieser Aufwand für fünf Minuten Plauderei.« Sie sah Schwester Isabella stirnrunzelnd an. »Verstehe mich bitte nicht falsch, aber hätte es eine mit der Post verschickte Dankeskarte nicht auch getan?«

Kapitel

5

Auf dem Rückweg zum Gästehaus schwiegen die Schwestern. Immacolata hatte ihre Hände in den weiten Ärmeln ihres Gewandes vergraben und starrte versonnen vor sich hin, ein leichtes Lächeln lag auf ihren Lippen. Sie schien noch immer beflügelt vom Treffen mit dem Heiligen Vater zu sein.

Isabella hingegen wusste nicht so recht, was sie von der persönlichen Audienz zu halten hatte. Es war zweifellos aufregend gewesen, diesen Mann kennenzulernen. Und doch ließ sie dieses Treffen ratlos zurück. Himmel, sie hatten nicht einmal den Fischerring geküsst.

Aus zuverlässigen Quellen wusste Isabella jedoch, dass der Papst keinen gesteigerten Wert auf diese Geste legte. Im Gegenteil: Er war ein Mann, der die Machtdemonstration der Kirche anprangerte und es nicht guthieß, wenn Menschen vor ihm knieten und als Zeichen ihrer Verehrung und Anbetung den Ring küssten. Auch wusste sie von Schwester Hildegard, dass der Papst in seiner Bescheidenheit keinen Ring aus massivem Gold trug, sondern einen vergoldeten Silberring.

Dennoch hatte sie sich mehr von diesem Zusammentreffen erhofft. Zumindest mehr als fünf Minuten inhaltsloser Plauderei. Zu gern hätte sie mit dem Papst über die missliche Lage ihres Klosters gesprochen. Über die möglichen Maßnahmen, um das Konvent wieder in neuem Glanz erstrahlen zu lassen.

Doch was hatte sie erwartet? Dass eine derart wichtige Persönlichkeit wirklich Zeit für ihr Anliegen hatte? Immerhin gab es nur einen Papst auf dieser Welt, aber unzählige Klöster, Mönche und Ordensschwestern, die alle ihre Probleme hatten. Sie rügte sich für ihren Egoismus und biss sich zur Strafe fest auf die Lippe.

»Warum so verbissen?«, fragte Schwester Immacolata mit gerunzelter Stirn. »Freust du dich denn nicht darüber, den Papst getroffen zu haben?« Sie schritten die weitläufigen Stufen des Gästehauses hinauf.

»Doch. Natürlich freue ich mich darüber. Aber … ich hatte mir irgendwie mehr davon erwartet.« Sie hoffte, dass ihre Mitschwester sich mit dieser ausweichenden Antwort zufriedengab.

Derart in Gedanken vertieft, zuckte sie vor Schreck zusammen, als die beiden Gardisten mit einem synchronen Ausfallschritt die Hellebarden vor der Tür kreuzten und den Schwestern somit den Weg versperrten. Die neben ihr stehende Immacolata schnappte hörbar nach Luft.

»Sie müssen sich ausweisen, bevor wir Ihnen Zutritt ins Dimora Santa Maria gewähren können.«

»Ausweisen?« Isabella sah den Mann verständnislos an.

»Ach so, ja, die Berechtigungskarten!« Ein Ruck fuhr durch den schmächtigen Körper ihrer Mitschwester. »Habe ich ganz vergessen, dir zu erzählen. Amelia hat sie vorbeigebracht, als du dich für den Papst frisch gemacht hast.« Sie wühlte in den Taschen ihres Habits herum und zückte zwei laminierte Karten an Stoffbändern, die auf den ersten Blick wie Flugtickets aussahen.

Immacolata hob den Kopf und schaute den linken Gardisten an. »Wir waren nämlich beim Papst.« Ihre Stimme verriet, dass sie kurz davorstand, vor Stolz zu platzen. »Zu einer Privataudienz.«

Der Gardist zeigte keine Regung, nicht mal ein Blinzeln. Allem Anschein nach bedurfte es mehr, um ihn mit einer Papstgeschichte zu beeindrucken. An Isabella gewandt sagte sie: »Das sind wohl neue Sicherheitsvorkehrungen wegen des jüngsten Korruptionsskandals.«

Isabella erinnerte sich an die undichte Stelle im Vatikan, die alle Bewohner hier in deutliche Anspannung versetzt hatte. Sie nahm Immacolata den Gästepass mit ihrem Namen aus der Hand und hing ihn sich um den Hals.

Der Gardist zu ihrer Linken brachte aus seiner Uniform ein elektronisches Gerät zum Vorschein und forderte sie mit gerecktem Kinn dazu auf, ihre Karte anzuheben, damit er den darauf gedruckten Strichcode einscannen konnte. »In Ordnung, Signora Martini. Entschuldigen Sie bitte die Unannehmlichkeiten.«

Isabella lächelte ihn entgegenkommend an. »Keine Ursache, Sie erledigen doch bloß Ihre Arbeit.«

Ihre Mitschwester stupste sie in die Seite, während sie durch die Tür schritten. »Mit so einem VIP-Pass um den Hals kommt man sich ja noch gleich viel wichtiger vor, nicht wahr?« Sie gluckste. »Wer hätte gedacht, dass sich mein Lebensabend noch so aufregend gestalten würde. Eine Papstaudienz!«

Wenn du nur wüsstest, was noch an Aufregung auf dich zukommen könnte … Bislang hatte Isabella es geschafft, die Lage des Klosters vor den Schwestern geheim zu halten. In ihren Augen reichte es völlig aus, wenn sie schlaflose Nächte hatte. Das musste sie nicht auch noch ihren Mitschwestern aufbürden.

Beim Eintritt in das Gebäude empfingen sie eine angenehme Kühle und der Duft frischer Chrysanthemen, die in bunten Farben aus einem halben Dutzend Vasen ragten. Isabella atmete den Geruch tief ein, schloss die Augen und fühlte sich sogleich auf eine Frühlingsblumenwiese versetzt. Sie öffnete die Augen erst wieder, als ein lautes Fluchen ihre Ohren erreichte.

»Mia Madre, dieses verflixte Mistding!«

Schwester Immacolata legte ihren Kopf schief – wie ein Hund, der einen hohen Ton vernahm. »Das klingt nach dem Sekretär«, sagte sie. »Demetrio.«

Einen kurzen Augenblick wurde es still, dann war ein lautes Scheppern und schließlich ein wüstes Fluchen zu vernehmen. Alarmiert rafften Isabella und Immacolata ihre Röcke und eilten in den Raum, aus dem die Fluchtiraden und das Poltern kamen.

»Alles in Ordnung bei Ihnen?«, rief Isabella besorgt in das Zimmer hinein, noch ehe sie es betreten hatte.

Sie sah den päpstlichen Sekretär vor einem Schreibtisch stehen und wütend das Bein anheben, um auf die auf dem Boden liegende Tastatur zu treten. Als sich ihre Blicke trafen, hielt er in der Bewegung inne und sah so schuldbewusst wie ein kleiner Junge aus, der bei etwas Unerlaubtem ertappt worden war.

»Schwester Isabella.« Er fand schnell zu seinem freundlichen Lächeln zurück. Dann blickte er kurz zu Boden. »Mir ist die Tastatur … heruntergefallen.« Er hüstelte künstlich und bückte sich, um die Tastatur aufzuheben. Zwei Buchstabentasten waren herausgesprungen. Das Z lag unter dem Schreibtischstuhl.

Isabella bückte sich ebenfalls, um es aufzuheben, und

fand neben dem Tischbein den zweiten fehlenden Buchstaben, das Y.

Demetrio nahm sie dankend an sich und bedachte Isabella mit einem Grinsen. »Ach, die beiden Buchstaben braucht man eh nicht so häufig.« Dennoch war er bemüht, die beiden herausgesprungenen Buchstaben zurück in die Tastatur zu drücken. Vergeblich. »Porca miseria! Dannazione! Maledizione!«

»Ah, nun geben Sie schon her. Das kann man ja nicht mit ansehen.« Mit schnellen Schritten trat Schwester Immacolata an Isabella vorbei und entriss dem Sekretär die Tastatur und die beiden Buchstaben.

Zwei einrastende Klickgeräusche später waren sie wohlbehalten an Ort und Stelle. Kopfschüttelnd schloss sie die Tastatur wieder an den Computer an, öffnete ein Schreibdokument und überzeugte sich davon, dass die Tastatur anstandslos funktionierte. Mit einem zufriedenen Grinsen machte sie Platz für Demetrio.

»Ähm, danke, Schwester.« Er räusperte sich leise. »Ich stehe mit diesen Dingern echt auf Kriegsfuß«, gestand er.

»Wo ist denn das Problem?«, wollte Immacolata wissen.

Demetrio echauffierte sich: »Wo das Problem liegt? Er macht nicht das, was er tun soll.«

Sie hob eine einzelne Braue. »Was soll er denn tun?«

Demetrio warf dem Kasten einen hasserfüllten Blick zu. »Drucken soll er.«

»Drucken?«, hakte Immacolata nach und deutete mit dem Kinn auf den Computer. »Das offene Dokument da?«

»Si.« Demetrio musterte erst die alte Schwester fragend, dann Isabella, die ihn zuversichtlich anlächelte.

»Schwester Immacolata ist die ausgewiesene Computerfachfrau in unserem Convent. Ich kenne niemanden, der sich besser mit diesen Zauberkästen auskennt.«

»Ah, è così? Ist das so?«

Als wäre es das Selbstverständlichste auf der Welt, tippte Schwester Immacolata einen Kurzbefehl auf der Tastatur, fuhr mit der Maus über den Bildschirm, klickte hier und dort, und nach und nach öffneten sich auf dem Bildschirm mehrere kleine Fenster, die sie interessiert musterte.

Dabei kam sie mit ihrem Gesicht so dicht an den Bildschirm, dass ihre Nasenspitze ihn beinahe berührte. Nach einigen »So, so« und »Aha« nickte sie schließlich. »Der Drucker ist das Problem.« Sie nahm den Kopf zurück und sah den Sekretär mit gerecktem Kinn an.

»Inwiefern?«, wollte dieser wissen.

»Er ist nicht angeschaltet.« Ihr Blick schweifte suchend durch das Büro. »Wo ist er denn?«

»Wer?«, fragte Demetrio irritiert, was Schwester Immacolata ein wenig genervt mit den Augen rollen ließ. »Der. Drucker.« Sie sprach ganz langsam.

»Ah, der steht natürlich im Serverraum«, erwiderte der Sekretär schließlich. »Wegen des Feinstaubs.«

»Und dieser Raum befindet sich wo?«

Der Sekretär hob den Arm und zeigte nach draußen. »Zwei Türen weiter links. Nicht zu verfehlen. Gleich neben dem Korridor zu den Privatgemächern des Dienstpersonals.«

Immacolata zwinkerte Isabella gut gelaunt zu. »Bin sofort wieder da.«

Demetrio setzte eine entschuldigende Miene auf. »Das ist mir nun wirklich unangenehm, Ihre Freundin mit diesem Problem zu belästigen. Normalerweise steht Flavio mir mit Rat und Tat bei allen Computerdingen zur Seite«, erklärte er Isabella, als sie alleine im Büro waren. »Der Gardist.«

Isabella erinnerte sich an den gut aussehenden jungen Mann von heute Vormittag.

Demetrio stöhnte leidvoll auf. »Als frisch beförderter Korporal hat er leider alle Hände voll zu tun, um die Korruptionsaffäre aufzuklären.«

»Vertrauen Sie Schwester Immacolata«, sagte Isabella in beruhigendem Tonfall. »Sie weiß, was sie tut.«

»Ihr Wort in Gottes Ohr. Apropos: Wie war denn die Unterredung mit Seiner Heiligkeit?«

»Kurz«, gab Isabella unumwunden zu, was den Sekretär einfühlsam aufbrummen ließ.

»Ja, der Papst ist ein vielbeschäftigter Mann. Messen und Andachten, Audienzen, repräsentative Pflichten.« Er seufzte stellvertretend für den Papst. »Und den Büroalltag gar nicht mitgerechnet.«

»Dafür habe ich Verständnis«, erwiderte Isabella aufrichtig. »Aber dennoch verstehe ich nicht den Grund unseres Besuchs. All dieser Aufwand, nur weil ich die Mazza-Keramik von Papst Paul wiederbeschafft habe?«

Demetrios Schultern zuckten mechanisch auf. »Der Heilige Vater hängt sehr an dieser Skulptur. Aber Sie haben recht, es ist nicht der einzige Grund, warum wir Sie in den Vatikan geladen haben.«

Isabella starrte den Mann an. Ein Ruck durchfuhr ihren Körper. Mit einem Mal war das Sanftmütige aus den Zügen des Sekretärs verschwunden. Er hob beschwichtigend die Hände, als er ihr ins Gesicht sah und vermutlich den Schock darin las. »Verstehen Sie mich nicht falsch. Der Papst brannte darauf, sie persönlich kennenzulernen. Wir haben wirklich viel Gutes über Sie und Ihr Kloster in Santa Caterina vernommen. Aber leider nicht nur …« Er nahm einen tiefen Atemzug und stieß ihn langsam wieder aus. »Bedauerlicherweise gibt es da eine Sache, die uns sehr belastet.«

»Die finanzielle Situation des Klosters.« Isabella sprach mutig ihre schlimmste Befürchtung aus und spürte, wie ihr Herz polterte, als Demetrio hart nickte.

»Aufgrund Ihrer Verdienste sind wir es Ihnen schuldig, Ihnen unsere Entscheidung persönlich mitzuteilen. Es hätte sich nicht gebührt, ein formelles Schreiben zu versenden.«

»Schreiben?«, hakte Isabella nach. »Formell? Welche Entscheidung?« Mit jeder Silbe wurde ihre Stimme dünner. Sie spürte förmlich, wie sich ihre Kehle zuschnürte und ihr die Luft zum Reden ausging.

»Ich muss Ihnen nicht erklären, dass das Convento Regina della Pace in erheblichen finanziellen Schwierigkeiten steckt«, sprach Demetrio unumwunden weiter.

Isabella erkannte rote Flecken auf seinem Hals, was sie vermuten ließ, dass ihm das Thema ebenso unangenehm war wie ihr selbst.

»Unserem Revisor ist schon vor Längerem aufgefallen, dass es ungeklärte finanzielle, nun ja, Sachverhalte innerhalb Ihres Hauses gibt.«

»Wir haben Geldprobleme, ich weiß.« Isabella rang sich ein Lächeln ab. »Aber wir sind wirklich auf einem guten Weg. Der Klosterstand wirft immer mehr Profit ab, und die Vorzeichen stehen laut Wetterprognosen gut, dass wir ein hervorragendes Weinjahr haben werden.« Sie redete sich in Rage. »Das gilt ebenso für die Olivenernte im Herbst. Und seit Kurzem haben wir die beste Tomatensoße der Toskana im Sortiment. Ein echter Verkaufsschlager. Hinzu kommt, dass wir uns vorgenommen haben, dieses Jahr vollkommen autark zu leben. Nur noch das, was die Klostergärten hergeben und was wir gegen unsere Produkte eintauschen können … um

Geld zu sparen.« Sie rang hektisch nach Luft. »Und der Klostergrappa. Mit dem werden wir in diesem Jahr bestimmt noch mehr Profit erzielen. Seine außerordentliche Qualität hat sich bereits über die Landesgrenzen hinweg herumgesprochen.«

Demetrio lächelte gequält, was Isabella verstummen ließ. »Das glaube ich Ihnen ja alles gern«, sagte er. »Trotz all Ihrer Bemühungen steht es, so fürchte ich, nicht gut um Ihr Kloster.«

Jetzt verstand Isabella überhaupt nichts mehr.

»Vielleicht haben Sie von der Anti-Korruptions-Abteilung gehört, die der Papst ins Leben gerufen hat?«

Isabella schüttelte den Kopf und fühlte sich durch den plötzlichen Themenwechsel vor den Kopf gestoßen.

Demetrio lehnte sich mit verschränkten Armen gegen den Schreibtisch. Dass er dabei halb auf der Tastatur Platz nahm, schien er nicht zu bemerken, oder es kümmerte ihn schlichtweg nicht. »Eine große Sache, sogar die Medien haben darüber berichtet.« Er seufzte. »Wie über so vieles aus dem Vatikan in letzter Zeit, das nicht für die Öffentlichkeit bestimmt war.«

»Der Maulwurf«, sagte Isabella, was Demetrio zustimmend und zugleich missbilligend brummen ließ. »Seine Heiligkeit hat die neue Devise des Büros des Generalrevisors gebilligt, um solch ein Fehlverhalten wie kürzlich in Guatemala zu unterbinden.«

»Das ist sehr lobenswert«, sagte Isabella, weil sie das unbestimmte Gefühl hatte, dass Demetrio dies von ihr hören wollte. Tatsächlich verstand sie so gut wie nichts von dem, was ihr der Privatsekretär sagte, und noch weniger, worauf er hinauswollte.

»Eine der Aufgaben ist es nun, dass der Generalrevisor jedes Jahr die Bilanzen der Vatikanstadt und des Heiligen Stuhl einer genauen Prüfung unterzieht und allen

Hinweisen auf Unregelmäßigkeiten nachgeht.« Er sah Isabella ernst an. »Das schließt auch sämtliche Klöster und Kirchenhäuser Italiens ein.«

Er senkte den Blick und musterte angestrengt seine Füße. »Und bei dieser Prüfung ist Ihr Konvent … aufgefallen.«

»Wie aufgefallen?« Isabella erschrak selbst über den harten Ton in ihrer Stimme. Sämtliche Nerven in ihrem Körper waren gespannt. Sie krallte sich an der Lehne des Schreibtischstuhls fest und versuchte, die Informationen zu verarbeiten.

»Nun …« Demetrio zögerte mit seiner Antwort, als wollte er die Worte genau abwägen, die er an sie zu richten gedachte. »Über die Jahre hinweg gab es Unregelmäßigkeiten, die auf Veruntreuung der eingenommenen Gelder hinweisen.«

Isabella schnappte nach Luft. »Bitte was?!«

Wieder gingen die Hände des Sekretärs nach vorn. »Viel mehr kann ich Ihnen dazu auch nicht sagen. Wie gesagt, der Fall liegt beim Generalrevisor. Fakt ist, dass Ihr Kloster seit Jahren unwirtschaftlich ist und einige Dinge darauf hindeuten, dass kirchliche Gelder veruntreut wurden.«

»Veruntreut?«, fragte Isabella verblüfft. Sie kam sich vor wie ein unwissendes Schulmädchen, das eine schwierige Gleichung nicht verstehen wollte.

»Es fehlt Geld«, erwiderte Demetrio. »Sagen wir es so, wie es ist. Zumindest legt die Prüfung den Verdacht nahe, dass Klostereinnahmen in erheblichem Maße weggekommen sind.«

»Aber … ich …«

»Ich weiß. Sie sind noch nicht lange die Äbtissin des Konvents und können somit auch nicht für die Missstände verantwortlich gemacht werden.« Er lächelte. Auf

Isabella wirkte es verkrampft. »Dennoch werden Sie die Entscheidung des Revisors tragen und akzeptieren müssen.«

Isabella hob die Brauen. »Welche Entscheidung?« Der Griff um die Stuhllehne verstärkte sich.

Sie sah, wie sich die Augen des Sekretärs langsam schlossen und auch nicht öffneten, als er wieder zu sprechen begann: »Der Generalrevisor hat die Schließung des Convento di Regina della Pace in Santa Caterina beschlossen.«

Langsam öffneten sich seine Lider wieder. Isabella starrte den Mann fassungslos an. »Um Schaden vom Vatikan abzuwenden«, fügte er leise hinzu. »Der Heilige Stuhl kann nicht noch einen weiteren Skandal gebrauchen. Betrachten Sie es als Schadensbegrenzung.«

Er trat einen Schritt auf Isabella zu und legte seine Hände auf ihre Schultern. »Schwester«, sagte er eindringlich. »Ich weiß, wie hart das für Sie sein muss. Aber Sie dürfen das nicht persönlich nehmen. Es ist eine nüchterne Entscheidung. Mit dem schwerwiegenden Verdacht der Veruntreuung bleibt uns einfach keine andere Wahl. Das müssen Sie verstehen.«

»Aber ...«

»Niemand im Vatikan macht Ihnen Vorwürfe, Schwester. Im Gegenteil. Aber diese Entscheidung ist unumstößlich.«

Isabellas Blick verschwamm. Ihre Augen füllten sich mit Tränen. Der Sekretär nahm die Hände von ihren Schultern und reichte ihr ein Taschentuch, das sie dankend ergriff.

»Wann?«, fragte sie zwischen zwei Schluchzern.

»Bald«, sagte Demetrio. »Sehr bald. In wenigen Wochen.«

Etwas in Isabellas Innerem zersprang. Sie zitterte.

»Aber … was soll denn nun aus uns Schwestern werden? Das Kloster ist unsere Heimat. Wo sollen wir hin?«

»Sie werden selbstverständlich alle im Dienst der Kirche bleiben und auf andere Klöster aufgeteilt. Wir kümmern uns um Sie.« Er zwinkerte ihr aufmunternd zu. »Schwester Isabella, die Schließung muss nicht zu Ihrem Schaden sein. Ordensschwestern mit derartigen Fähigkeiten, wie Sie sie besitzen, sind jederzeit herzlich willkommen in der Vatikanstadt.«

»Vatikan?« Isabella hob den Kopf. »Sie meinen, ich soll hierhin ziehen und hier arbeiten?«

Der Erzbischof lächelte. »Warum nicht? Hier lässt es sich ausgezeichnet leben.«

Sie wusste nicht, was sie darauf erwidern sollte. Der Schock saß einfach zu tief. *Wenige Wochen,* echote es in ihrem Kopf. Wie sollte sie das bloß den anderen Schwestern erklären? Ihr wurde schwindelig.

Es fühlte sich an wie damals, als das kleine Nonnenkonvent in Kalabrien aufgelöst wurde, in dem sie ihre Ausbildung als Novizin begonnen hatte. Als es aufgrund des fehlenden Nachwuchses geschlossen wurde, hatte sie ein Gefühl der Heimatlosigkeit heimgesucht, wie sie es noch nie zuvor in ihrem Leben empfunden hatte.

Ihr neuer Wirkungskreis in Santa Caterina hatte sich als purer Glücksfall erwiesen. Sie hatte neue Freunde gefunden und einen Hund, den sie abgöttisch liebte. Sie war sogar binnen kürzester Zeit zur Äbtissin aufgestiegen. All dies musste sie nun hinter sich lassen. Sie empfand nur eins: Schmerz. Puren Schmerz.

»Es tut mir unendlich leid, dass ich Ihnen das mitteilen muss«, hörte sie Demetrio sagen. Seine Stimme drang nicht wirklich zu ihr durch.

Sie hob den Kopf und sah ihn an. Sein Gesicht verschwamm hinter einem Schleier aus Tränen. Nein. Sie wollte nicht nach Rom. Sie wollte in Santa Caterina bleiben. In ihrer Heimat. Doch was konnte sie allein gegen die Entscheidung des Vatikans ausrichten? *Wenige Wochen …* Ein eisiger Schauer spülte über sie hinweg. Wie sollte sie das Matteo beibringen?

»Isabella!« Schwester Immacolatas krächzende Stimme riss sie aus ihren trüben Gedanken. »Diesen Raum musst du dir mit eigenen Augen anschauen. Die haben die allerneueste Servergeneration verbaut! Mit den Prozessoren und CPU-Kernen könnten wir ganz Santa Caterina verwalten!«

Isabella zog die Nase hoch, wischte sich über die Augen und schluckte tapfer, bevor sie sich ihrer Mitschwester zuwandte. »Den will ich mir natürlich unbedingt ansehen!«

Kapitel

6

»Mitten in Rom gibt es einen kleinen Staat, der voller Superlative steckt, und wir sind mittendrin!« Schwester Immacolata schlug die Hände zusammen, was ein lautes Geräusch nach sich zog, das durch die gesamte Ausstellungshalle des Museo Missionario-Etnologico hallte.

Isabella kam es vor, als würden die um sie herumstehenden Skulpturen verschiedenster Kulturen vorwurfsvoll auf sie blicken, weil sie ihnen nur ihre halbe Aufmerksamkeit schenkte. Ihr stand so gar nicht der Sinn nach einer Besichtigungstour.

»Unfassbar, was wir an Geld sparen. Hast du gesehen, was die für Eintrittspreise verlangen?« Schwester Immacolata hob ihren Ausweis an, der um ihren Hals baumelte, und gab ihm einen leidenschaftlichen Schmatzer.

Das war in der Tat schier unfassbar: Der Gästepass gewährte ihnen nicht nur Zugang in das Dimora Santa Maria, er galt zugleich als Eintrittskarte zu sämtlichen Sehenswürdigkeiten, die für die Öffentlichkeit zugänglich waren.

Und Schwester Immacolata hatte sich vorgenommen, jede einzelne davon zu besichtigen. Bereits nach dem Frühstück hatte ihre Mitschwester sie, bewaffnet mit einem bibeldicken Reiseführer, überfallen und dazu gedrängt, sofort aufzubrechen. Isabella überkam bereits eine düstere Vorahnung, als sie die ganzen Haftnotizen erblickt hatte, die aus den Seiten ragten.

Nun, einige Stunden später, taten ihr die Füße weh, und ihr rauchte der Kopf von all den Eindrücken und Informationen, die in den letzten Stunden auf sie eingeprasselt waren. Hinzu kam, dass sie in der Nacht wegen all ihrer Sorgen kaum ein Auge zugemacht hatte.

Ihre ältere Mitschwester hingegen wirkte unermüdlich. So agil hatte sie Immacolata noch nie erlebt. Als wäre die Vatikanstadt ein Jungbrunnen für sie. Dabei hatten sie wahrlich einen Kreuzgang der Sehenswürdigkeiten hinter sich. Angefangen bei den Vatikanischen Gärten über den Petersdom, die Sixtinische Kapelle und die Engelsburg bis zur Vatikanischen Bibliothek. Von dort ging es in die Pinakothek und danach ins Appartamento Borgia. Nun hatten sie das Ethnologische Museum betreten und bestaunten Kunstwerke aus fernen Ländern wie Mexiko und Nicaragua.

Sosehr Isabella sich auch bemühte, es fehlte ihr die Begeisterung. Natürlich war die Sixtinische Kapelle eindrucksvoll und der Petersdom in seiner barocken Pracht schlichtweg atemberaubend. Doch auch dieser vermochte es nicht, den Trübsinn aus ihren Gedanken zu vertreiben.

Wie eine dunkle Gewitterwolke hing das Gespräch mit Demetrio über ihr. Die Entscheidung war gefallen. Das Convento di Regina della Pace sollte geschlossen werden. Schon bald!

»Jetzt will ich noch zum Gefängnis des Petrus. Das liegt gleich neben dem Forum Romanum.«

Isabella schaffte es nicht, ein Stöhnen zu unterdrücken. Schwester Immacolata hielt in der Bewegung inne und sah sie alarmiert an. »Was ist los, hast du etwa keine Lust mehr?«

Sie senkte ergeben den Kopf. »Nein, ehrlich gesagt nicht. Ich habe Kopfschmerzen und würde mich gerne eine Weile hinlegen.«

»Oh!« Die alte Schwester blickte besorgt drein. »Das tut mir leid. Wo es doch gerade so spannend ist. Soll ich dich begleiten?«

Isabella lächelte. »Nein, Liebes. Ich will dir nicht den Spaß verderben. Schau dir das Gefängnis ruhig ohne mich an und erzähle mir im Anschluss, wie es gewesen ist.«

»Meinst du?« Schwester Immacolata blinzelte sie vorsichtig an.

»Ganz bestimmt«, versicherte Isabella und rang sich ein Lächeln ab, was schließlich auch Immacolata zum Grinsen brachte.

»Gut, wenn du darauf bestehst, werde ich den Vatikan allein erobern.« Zu Isabellas Überraschung drückte die Alte ihr einen Kuss auf die Wange und schubste sie dann spielerisch von sich. »Ab aufs Zimmer mit dir und ruhe dich aus. Damit du morgen fit bist und wir dann Rom unsicher machen können. Ich will ins Kolosseum, ins Pantheon. Ich will die Spanische Treppe hinauflaufen – und zwar zwei Stufen auf einmal. Und ich will eine Münze in den Trevi-Brunnen werfen!«

Isabellas Lächeln fühlte sich mit einem Mal verkrampft an. Sie beschloss, aus ihrer Auszeit das Beste zu machen. Sie dürstete geradezu danach, allein zu sein. Sie begab sich auf schnellstem Wege zum Museumsausgang und trat den Rückweg zum Gästehaus an. Doch etwas passierte mit ihr.

Mit jedem Schritt, den sie sich von dem Museum entfernte, schlug die Lethargie mehr in Aktionismus um. Lag es am Sonnenschein, der sich auf die Cittá del Vaticano legte? Am Gezwitscher der Vögel, die die angrenzenden Gärten mit Leben erfüllten?

Sie war kein Mensch, der sich ihrem Schicksal einfach so fügte. Gepackt von ihrem Motivationsschub hoffte sie, im Gästehaus auf Demetrio zu treffen.

Sie musste mit ihm reden, ihn davon überzeugen, dass das kleine Kloster in Santa Caterina es wert war, daran festzuhalten. Über die Jahre hatten die dort lebenden Schwestern eine zauberhafte Oase des christlichen Zusammenlebens geschaffen. Keine Bilanz, keine noch so roten Zahlen konnten das infrage stellen. Irgendwie musste es ihr gelingen, die Oberen des Vatikans von ihren Plänen abzuhalten.

Mit neuem Mut stand sie vor der Treppe des Dimora Santa Maria und nahm, stellvertretend für Immacolata, zwei Stufen auf einmal – bis sie vor den Gardisten stand, die ihr den Weg versperrten.

»Ihren Ausweis«, forderte der größere der beiden.

»Natürlich«, erwiderte Isabella. Geistesabwesend fasste sie sich an den Hals und tastete vergebens nach der Gästekarte. »Nanu, wo ist sie denn?« Sie senkte den Kopf und suchte ihr Gewand ab. Der Ausweis war nicht mehr da. Dann fiel es ihr wie Schuppen von den Augen. »Ach herrje! Ich habe ihn Schwester Immacolata in die Hand gedrückt, als sie ein Foto von mir in der Sixtinischen Kapelle gemacht hat.«

Der Schweizer Gardist sah unbeeindruckt auf sie herab. »Ohne Ausweis kein Zutritt.«

»Aber … ich wohne hier.« Wie dumm, dass es, allem

Anschein nach, eine Wachablösung gegeben hatte und die beiden Gardisten sie nicht kannten. »Was soll ich denn nun tun? Ich möchte doch bloß auf mein Zimmer.«

Die beiden Männer tauschten einen stummen Blick aus, bis der links stehende ein kleines Funkgerät zückte und etwas hineinsprach, was Isabella nicht verstand. Womöglich war es Deutsch?

»Einen Augenblick bitte, Signora.« Er steckte das Funkgerät zurück in eine der Taschen seiner Uniform. »Der Korporal wird sich Ihrer annehmen.«

Und tatsächlich dauerte es nicht länger als zwei Augenaufschläge, bis ein dritter Gardist aus dem Gebäude auf sie zukam.

»Schwester Isabella.« Der Korporal begrüßte sie mit einem freundlichen Lächeln. »Was gibt es denn für ein Problem?«

Isabella sah ihn verwirrt an. Sie war überrascht darüber, dass er ihren Namen wusste.

»Ich habe meine Gästekarte vergessen«, erwiderte sie schuldbewusst und kehrte zur Verdeutlichung die Außentaschen ihres Habits nach außen.

Der Mann warf seinen Gardekollegen einen kurzen Blick zu, dann nickte er. »Diese Dame ist in Ordnung, sie kann durch.« In einer schwungvollen Drehung wandte er sich an Isabella. »Wenn Sie möchten, stelle ich Ihnen gerne eine neue ID-Card aus.«

Isabella winkte ab. »Das ist nicht nötig. Meine Karte befindet sich bei meiner Mitschwester. Das Problem hat sich also schon bald von allein gelöst. Ich werde das Gebäude bis dahin auch nicht mehr verlassen. Versprochen.«

Der Korporal bewegte den Kopf nach links und rechts – als wäre ihm das Verhalten seiner Männer unangenehm. »Sie müssen diese strengen Vorsichtsmaßnahmen meiner Kollegen entschuldigen, Schwester. Sie erledigen nur ihren Job. Es herrschen merkwürdige Zeiten im Vatikan.«

Isabella nickte verständnisvoll. »Der Maulwurf. Ich weiß.«

»Ganz genau.« Er lächelte sie an, was sein markant geschnittenes Gesicht überraschend weich wirken ließ.

Sie kam nicht umhin, festzustellen, dass er ein gut aussehender Bursche war. Zweifellos war er um einiges jünger als sie. Vielleicht Mitte zwanzig. Keinesfalls älter. Bestimmt lagen ihm die Frauen außerhalb der Vatikanstadt scharenweise zu Füßen.

Mit einem Lächeln auf den Lippen trat sie an ihm vorbei und entschuldigte sich bei den anderen Gardisten, für die Umstände, die sie ihnen bereitet hatte.

Kaum hatte sie das Gebäude betreten, begab sie sich auf die Suche nach dem Privatsekretär. Auf dem Weg zurück war ihr eingefallen, dass sie ihm ja noch gar nicht von den Plänen erzählt hatte, das Kloster für Touristen zu öffnen. Im Grunde gab es diese Pläne zwar nur in ihrem Kopf, doch das musste sie ihm ja nicht gleich auf die Nase binden.

Außerdem gefiel ihr der Gedanke mit jeder Sekunde besser. Das Kloster war groß genug, und leer stehende Kammern standen reichlich zur Verfügung. Es würde doch bestimmt Menschen geben, die ihren Urlaub an diesem traumhaften Flecken Erde verbringen wollten.

Ein harter Schmerz zerriss ihr förmlich die Brust, als ihr bewusst wurde, dass sie sich an einen Strohhalm klammerte. Würde sie es nicht schaffen, Demetrio irgendwie zu überzeugen, würde das unweigerlich das Ende des Klosters bedeuten.

Nein, so weit darf es nicht kommen!

Sie schlug ein Kreuz und setzte voll und ganz auf die

Güte Gottes. Er würde ihr beistehen, wie er es bislang immer getan hatte.

»Wir nehmen Essigessenz!«

Eine laute weibliche Stimme ließ Isabella im Flur innehalten.

Eine weitere weibliche Stimme drang schrill an sie heran: »Um Gottes willen! Wir brauchen Backpulver. Mit Essig machen wir es bloß noch schlimmer.«

»Könntet ihr bitte Gott aus dem Spiel lassen?« Diese Stimme ließ sich eindeutig Demetrio zuordnen. Sie hatte den Sekretär also gefunden. Das Stimmengewirr kam aus Demetrios Büro.

»Es ist schon schlimm genug, dass ich mir diesen Streit anhören muss, da braucht es nicht auch noch das Hinzuziehen unseres Herrn«, stieß Demetrio aufgebracht hervor. »Und ich befürchte, dass auch er uns nicht in unserer misslichen Lage helfen –« Der Sekretär verstummte, als er Isabella im Türrahmen stehen sah.

Nun drehten sich auch Amelia und Vittoria zu ihr, doch keine von ihnen grüßte Isabella. Auch die Schwester war zu perplex, um irgendetwas zu sagen. Ihr war es unangenehm, in diesen Streit hineingeplatzt zu sein.

»Ich bin hier die diensthabende Haushälterin«, sagte Amelia in bebendem Tonfall. »Wenn ich sage, wir verwenden Essigessenz, dann tun wir das auch!«

»Backpulver«, sagte die junge Bedienstete giftig und bedachte ihre Vorgesetzte mit einem wütenden Funkeln.

Demetrio schien die Hutschnur zu platzen. Mit einem großen Schritt drängte er sich zwischen die beiden Streithennen und riss Amelia eine Art weißen Umhang aus den Händen. »Raus jetzt!«, forderte er inbrünstig.

Die beiden Damen gehorchten und drängten sich nacheinander, hörbar schnaubend, an Isabella vorbei.

Demetrio schüttelte den Kopf. »Als hätte ich nicht

schon genug Probleme! Jetzt muss ich mich auch noch *damit* herumschlagen.« Seine Hand streifte den weißen Umhang, den er schließlich auf dem Schreibtisch ablegte und noch einmal mit einem vorwurfsvollen Blick musterte. Doch dann wandte er sich ihr zu. »Tut mir leid, dass sie diesen kleinen Streit miterleben mussten, Schwester Isabella. Auch im Paradies hängt hin und wieder der Haussegen schief.« Er grinste ein wenig zerknirscht und zuckte schließlich mit den Achseln. »Was gibt es denn, wie darf ich Ihnen helfen?« Er bedachte sie mit einem Lächeln, das durch und durch aufrichtig wirkte.

Isabella kam sofort zur Sache. »Es geht um unser Gespräch von gestern.«

Der Sekretär nickte eindringlich. »Ja, das habe ich mir bereits gedacht«, sagte er langsam, »dass Ihnen dieses Thema keine Ruhe lässt.«

»Nein, das tut es in der Tat nicht. Und ich finde, dass Sie diese Entscheidung nicht zu voreilig treffen dürfen. Unser Kloster hat so vieles zu bieten, was es wert ist, erhalten zu werden.«

»Das glaube ich Ihnen wirklich gern, dennoch kann ich Ihnen da keine Hoffnung machen. Die Entscheidung des Generalrevisors ist getroffen.«

Wieder spürte sie, wie die Tränen in ihre Augen steigen wollten. Doch sie blieb tapfer, drängte die verzweifelte Wut zurück. Mit Weinen würde sie auch nicht weiterkommen. »Bitte, Demetrio. Sie müssen mich anhören.«

»Aber das würde nichts bringen. Ich bin nicht der Verantwortliche in dieser Sache. Ich treffe die Entscheidungen nicht.«

Isabella machte einen großen Schritt auf ihn zu. »Dann bringen Sie mich zu dem Mann, der das zu entscheiden hat. Geben Sie mir die Chance, ihn davon zu überzeugen, dass er einen Fehler macht.«

»Das kann ich nicht.« Demetrio schüttelte den Kopf.

»Warum nicht?«, verlangte Isabella zu wissen.

»Weil er nicht in der Stadt ist. Er ist auf einer Geschäftsreise in Sizilien, um …« Ihm schien die Stimme zu versagen. Doch dann gestand er drucksend: »… um dort ein Konvent in Catania zu schließen.« Er gab ein missmutiges Keuchen von sich und sah Isabella leidvoll an. »Sie sehen, nicht nur Sie sind von den neuen Richtlinien des Vatikans betroffen. Der Generalrevisor ist wirklich darauf bedacht … aufzuräumen.«

Isabella zuckte zurück, als hätte man sie geohrfeigt. Das war ihr Konvent also in den Augen des Vatikans? Ein liegen gelassener Schuh, der weggeräumt werden musste? Ein benutztes Handtuch? Sie schluckte angestrengt und wusste nicht mehr weiter. »Aber es muss doch eine Möglichkeit geben, die Schließung abzuwenden.«

Demetrio senkte den Blick. »Ich sehe da wirklich keine Perspektive, Schwester. Sosehr ich es auch bedaure.«

Sie sahen sich eine Sekunde in die Augen, bis Isabella verstand, dass es hier keinen Blumentopf mehr zu gewinnen gab. Mit dem Ärmel ihres Gewands wischte sie sich über die Augen, als sie bemerkte, dass diese sich doch mit Tränen gefüllt hatten.

Sie wandte sich von dem Sekretär ab und verließ das Büro. Gerade als sie den Türrahmen erreicht hatte, rief er ihren Namen. Sie hielt inne und drehte sich noch einmal zu ihm um, sah, wie er das Kleidungsstück vom Schreibtisch in den Händen hielt und es kopfschüttelnd betrachtete. »Es ist jetzt vielleicht ein wenig unpassend«, begann er, »aber Sie wissen nicht zufällig, wie man

Tomatensoße aus einem liturgischen Gewand bekommt?«

»Tomatensoße?«, fragte Isabella irritiert. Dieser Mann schaffte es wirklich, sie mit seinen Themenwechseln aus dem Konzept zu bringen. Sie gab sich einen Ruck und trat auf ihn zu. »Lassen Sie mich mal sehen.« Neugierig beäugte sie das Kleidungsstück, das sich als ein recht aufwendig verziertes liturgisches Gewand entpuppte. Es kam ihr entfernt bekannt vor.

»Hier vorne.« Demetrio drückte ihr das Gewand in die Hände und zeigte auf einen dunkelroten eingetrockneten Fleck auf der oberen Hälfte. »Es ist die Soutane des Papstes. Er hat sich gestern beim Abendessen bekleckert.« Isabella starrte ihn entgeistert an. Ihr wurde es heiß und kalt zugleich. Sie hielt das päpstliche Gewand im Arm.

Demetrio schüttelte den Kopf. »Es ist ausgerechnet das Lieblingskleidungsstück Seiner Heiligkeit. Ein Geschenk des emeritierten Papstes zum Amtsantritt.«

Isabella sah sich den Fleck genauer an. Ihr schwante Fürchterliches. Ganz bestimmt war es Schwester Hildegards Tomatensoße, die das Gewand besudelt hatte.

Demetrio sah sie Hilfe suchend an. »Haben Sie vielleicht eine Idee? Ein Hausrezept?«

Sie lebte in einem kleinen Konvent, in dem jede Schwester mit allen Aufgaben vertraut war. Auch die Äbtissin. Tatsächlich kannte sie sich bestens mit dem Waschen schmutziger Wäsche aus. Ganz besonders mit Tomatenflecken, seit es im Refektorium zweimal in der Woche Nudeln mit der besten Tomatensoße der Toskana gab. Sie nickte dem Erzbischof zu. »Ihre Haushälterin hat recht. Essigessenz ist das beste Mittel gegen diese Art von Flecken.«

Behutsam drückte sie dem Sekretär das päpstliche Gewand zurück in die Hand und verließ das Büro.

Kapitel

7

Im Halbdunkel der kühlen Kapelle war die Luft vom Duft des Weihrauchs süß und schwer.

Luigi Demetrio hatte die beiden Schwestern persönlich dazu eingeladen, in seiner kleinen Kapelle, wie er sie nannte, ihr Abendgebet abzuhalten. Sie lag im Privatgarten des Papstes, unmittelbar hinter den Vatikanischen Museen, gleich nach der Pinakothek, aber fernab der Touristenströme.

Es war eine schneeweiße Kapelle mit rundem Dach, und sie wirkte ein wenig wie die Miniaturversion des Petersdoms. Sie war der Gottesmutter geweiht und im barocken Stil gebaut. Demetrio hatte ihnen versichert, dass kein Gast ohne Weiteres Zutritt zu dieser Kapelle erhalten würde und es eine große Geste des Papstes sei, dass ihnen diese Ehre zuteilwurde. Bereits beim Betreten fühlte Isabella die ganz besondere Aura dieses Orts.

Sie und Schwester Immacolata knieten nebeneinander auf der vordersten Bank und hatten die Hände zum Gebet gefaltet. Isabella lauschte dem litaneiartigen Gemurmel ihrer Mitschwester, während sie das Fresko über dem Altar betrachtete.

Es befand sich in einem stark verwitterten Zustand, was ihr gefiel. Denn das meiste, was sie bei ihrer Besichtigungstour durch den Vatikan zu Gesicht bekommen hatte, wirkte geradezu auf Hochglanz poliert. Diese kleine Kapelle jedoch bestach durch eine Einfachheit, die sie an ihr eigenes, alles andere als perfektes Konvent erinnerte.

Die Frischmalerei zeigte den leidenden Christus, umgeben von seinen Jüngern, wie er auf dem Weg nach Golgatha unter der Last des Kreuzes zusammenbrach. Der Künstler hatte den Schmerz in den Zügen des Märtyrers so deutlich zum Ausdruck gebracht, dass Isabella ihn förmlich am eigenen Leib spürte.

Sosehr sie sich bemühte, sie schaffte es nicht, sich auf das gemeinsame Gebet mit Schwester Immacolata zu konzentrieren. Immer wieder stürzten ihre Gedanken kopfüber in den tosenden Wasserfall, der in einem abgrundtiefen See mit düsteren Zukunftsaussichten endete. Für das Kloster. Für ihre Mitschwestern. Für sie selbst. Wo würde es sie nach Santa Caterina hinverschlagen? Welches Schicksal hielt der Allmächtige für sie bereit?

»Herrje, Isabella, du stöhnst wie der altersschwache Pudel meiner Großmutter, wenn das Thermometer über die Dreißig-Grad-Marke geklettert ist.«

Sie zuckte zusammen.

»Wie soll man sich da auf das Ave Maria konzentrieren?« Mit vorwurfsvoller Miene hielt Immacolata ihr den Rosenkranz entgegen und wickelte ihn fester um die Hände.

»Entschuldige, Schwester. Mir ist nicht aufgefallen, dass ich so laut geatmet habe.«

»Geseufzt hast du. Und gestöhnt.«

Isabella drückte sich die Fingerspitzen ihrer gefalteten Hände gegen die Stirn und kniff die Augen zusammen. »Ave Maria, gratia plena, Dominus tecum.«

»Was ist denn los mit dir?« Noch bevor sie das rechte Auge öffnete, spürte sie Immacolatas starrenden Blick.

»Ich bete.«

»Den Teufel tust du!«

»Schwester Immacolata!«

»Ist doch wahr. Ich habe dich beobachtet, Isabella. Seit gestern bist du kaum mehr wiederzuerkennen und mit deinen Gedanken überall. Aber nicht bei mir, und schon gar nicht bei einem Gebet.« Mit knackenden Geräuschen erhob sie sich von den Knien und ließ sich schwerfällig auf der Holzbank nieder. »Nur weil ich alt bin, heißt das nicht, dass ich nicht mehr klar sehen würde. Mit nichts warst du heute zu begeistern. Die ganze Zeit über hast du abwesend gewirkt, als läge eine schwere Last auf dir.« Sie stieß ihren Atem langsam aus, ohne den Blick von ihr abzuwenden. »Ich will wissen, was mit dir los ist, Isabella!«

Isabella hielt dem stechenden Blick nicht lange stand. Inmitten der tiefen Falten hypnotisierten sie die klaren blauen Augen der alten Schwester förmlich. Ihr war klar, dass es kein Entkommen gab. Immacolata war eine hartnäckige Person, die sich an jemandem festbeißen konnte, wenn sie etwas in Erfahrung bringen wollte.

Und so ließ sie sich ebenfalls auf der Bank nieder, legte ihre Hände in den Schoß und blickte stur geradeaus. Sie wollte ihrer Mitschwester nicht in die Augen sehen. Noch weniger wollte sie Immacolata länger anlügen. Also erzählte sie es ihr.

Sie berichtete ihrer Freundin von der finanziellen Schieflage, in der sich das Convento di Regina della Pace befand. Von den Drohbriefen des Vatikans, die schließlich in diese Einladung gegipfelt hatten. Und sie erzählte Schwester Immacolata von der gestrigen Unterredung mit dem päpstlichen Sekretär, der ihr schonungslos die baldige Schließung des Klosters verkündet hatte. Wegen Veruntreuung von Kirchengeldern.

Zögernd nahm sie den Blick vom Altar und drehte ihren Kopf zur alten Schwester. Diese zuckte kurz mit ihrem Kinn und verzog die Lippen zu einem dünnen Lächeln. »Das überrascht mich alles nicht«, sagte sie schließlich. Sie sprach leise, dennoch hallte ihre Stimme durch die kleine Kapelle. »Ich habe mir schon lange gedacht, dass da etwas nicht mit rechten Dingen zugehen kann.«

»Inwiefern?« Nun war sie es, die ihre Mitschwester unumwunden anstarrte. »Was weißt du?«

Diese hob jedoch abwehrend die Hände. »Ich weiß nichts, Isabella. Ich hatte bloß schon lange die Vermutung, dass Filomena sich an den Kirchengeldern bedient.«

»Aber … warum?«

Immacolata schüttelte den Kopf. »Ich weiß es nicht«, sagte sie. »Ich weiß es wirklich nicht.« Sie gab ein inbrünstiges Schnauben von sich. »Seit Jahren haben wir finanzielle Missstände beobachtet, die wir uns einfach nicht erklären konnten. Und da Filomena die einzige Person war, die sämtliche Vollmachten der Klosterkonten hatte, war es klar, dass sie dafür verantwortlich sein musste.«

Isabella nickte müde. Zu selbiger Erkenntnis war sie ebenfalls gekommen. Hinzu kam die unsaubere Buchhaltung der ehemaligen Äbtissin, die so gar nicht zu ihrem gründlichen Wesen passen wollte. Zum ersten Mal schoss ihr der Gedanke durch den Kopf, dass diese lotterige Buchhaltung womöglich Absicht war, um von der Veruntreuung der Gelder abzulenken. Nun wollte sie dieser Gedanke nicht mehr loslassen.

»Was hat Filomena mit all dem Geld gemacht?«, war ihre drängendste Frage. »Wo ist es hin?«

»Nun, es gibt wohl nur eine Person, die uns darauf eine Antwort liefern kann.«

Isabella grübelte. Bereits am nächsten Tag, nachdem Filomena ihre Position als Äbtissin verloren hatte, war sie aus dem Kloster geflüchtet und hatte niemandem gesagt, wo sie hinging. Von einer Pilgerreise hatte sie gesprochen, um zu sich selbst zu finden. Doch stimmte das?

Obwohl Isabella eine ganze Weile tagein, tagaus mit dieser Person gelebt hatte, wusste sie nichts über sie. Als Äbtissin war sie hart, aber meistens gerecht gewesen – wenngleich Isabella sehr unter ihr zu leiden gehabt hatte.

Doch wer war die Frau hinter der Äbtissin? Wer war der Mensch Filomena? Ihre Mitschwestern hatten ihr oft erzählt, dass Filomena vor ihrer Wahl zur Oberin eine umgängliche, liebenswürdige Person gewesen war, die von allen geschätzt und gemocht wurde. Erst in den letzten Jahren hatten sich diese harten Züge offenbart.

»Vielleicht hatte sie Spielschulden«, tippte Immacolata ins Blaue.

Isabella runzelte die Stirn und schüttelte schließlich den Kopf. »Filomena und spielsüchtig? Kaum vorstellbar!«

»Womöglich musste sie jemanden aus ihrer Familie unterstützen?«

»Möglich«, räumte Isabella ein. »Kennst du außer ihrem Neffen sonst noch wen aus ihrer Familie?«

Schwester Immacolata schüttelte ruckartig den Kopf.

»Sie hat nie Besuch bekommen und auch nie sonderlich viel über ihre Zeit vor Santa Caterina geredet. Ehrlich gesagt, war Filomena für mich schon immer ein Buch mit sieben Siegeln.«

»Aber irgendetwas muss sie doch mit dem Geld angestellt haben«, sagte Isabella. »Es kann sich doch nicht einfach in Luft aufgelöst haben.« Sie wollte nicht jämmerlich klingen. Doch es ließ sich nicht verhindern. Das Thema nahm sie einfach zu sehr mit.

Sie war nicht nur um ihre eigene Zukunft und die des Klosters besorgt, sondern auch um das Wohlergehen ihrer geflohenen Schwester. Filomena musste ernste Probleme gehabt haben, die sie zu diesem Schritt veranlasst hatten. Sie konnte sich beim besten Willen nicht vorstellen, dass sie Gelder veruntreut hatte, um sich persönlich zu bereichern. *Nein, das passt nicht zu Filomena.*

Schwester Immacolata umfasste Isabellas Hand und drückte sie fest. »Es tut mir leid, dass du als junge Äbtissin eine solche Bürde auferlegt bekommen hast. Das hast du nicht verdient.«

»Niemand von uns hat die Schließung des Convents verdient.« Sie sah Immacolata lange an, spürte förmlich die bedingungslose Güte in den Augen der alten Frau. Wieder stiegen ihr die Tränen hoch. »Was wird denn nun aus uns?«

Ein unerbittliches, faltiges Lächeln schlug ihr entgegen. Sie ließ es zu, dass Immacolata sie an sich zog und die dünnen Arme um sie schlang. Eine liebevolle Geste, die sämtliche Dämme brechen und sie hemmungslos in den Armen der Mitschwester weinen ließ.

»Du weißt es doch selbst am besten«, hörte sie Immacolata sagen. »Gottes Wege sind unergründlich. Es geht immer irgendwie weiter. Auch für uns, meine tapfere Äbtissin.«

Kapitel

8

Die heiße Dusche hauchte ihr neues Leben ein. Als würde sie Isabella bis ins Innerste auftauen. Dabei fror sie nicht im eigentlichen Sinne. Es war eine unbestimmte Kälte, die sie fest im Griff hielt – wie man sie eben verspürte, wenn man mehrere Tage nicht gut geschlafen hatte.

Die letzte Nacht hingegen war eine Wohltat gewesen. Bis in den späten Abend hatte sie sich mit Schwester Immacolata unterhalten. In wilden Fantasien hatten sie sich darüber ausgelassen, was Filomena wohl mit dem über die Jahre zur Seite geschafften Geld angestellt hatte.

Immacolata hatte vermutet, dass sich Filomena womöglich nach Peru abgesetzt und in einem Bergdorf eine kirchliche Missionsgemeinschaft gegründet hatte. Dort hatte sie dann vielleicht eine Alpakazucht aus der Taufe gehoben.

Isabella hingegen konnte sich gut vorstellen, dass Filomena das Geld in eine Expedition investiert hatte. Das wenige, was sie von der ehemaligen Äbtissin wusste, war, dass sie begeisterte Hobby-Ornithologin war.

Vielleicht war sie anstelle der angekündigten Pilgerreise zu einer weit entfernt gelegenen Insel aufgebrochen, auf der es die exotischsten Vogelarten gab.

Natürlich waren all dies Spinnereien, doch die beiden Schwestern hatten Spaß mit ihren wilden Hypothesen. Vor allem lenkten sie von den bedrückenden Gedanken ab, die die drohende Klosterschließung unweigerlich mit sich brachte.

Irgendwann hatte Isabella in den fantasievollen Grübeleien die nötige Bettschwere erreicht und sich in Richtung Bett verabschiedet. Sie glaubte, sich an einen Traum zu erinnern, der Filomena auf einem Alpaka reitend durch das Grasland einer Nordseeinsel zeigte – mit einem riesigen Fernglas in der Hand und nach Papageien Ausschau haltend.

Mit einem Grinsen, das dieses Traumbild erneut in ihr hervorrief, reckte sie ihr Gesicht dem Duschkopf entgegen und genoss das Gefühl des heißen, prasselnden Wassers.

Sie wusch sich das Shampoo aus den Haaren und drehte das Wasser ab, als sie dumpf ein hämmerndes Geräusch hörte. Jemand klopfte an der Wohnungstür. Sie lauschte in die Stille hinein und hörte Schwester Immacolata, die sich mit einem Mann unterhielt. Erkannte sie Demetrios Stimme?

Unmittelbar darauf pochte es an der Badezimmertür, und Immacolatas Gesicht kam zum Vorschein. »Demetrio hat wieder ein Computerproblem und bittet mich darum, mir die Sache anzuschauen«, erklärte sie. »Wundere dich also nicht, wenn du alleine bist.«

Prompt ertönte die Stimme des Erzbischofs hinter Schwester Immacolatas Rücken: »Buongiorno, Schwester Isabella. Hatten Sie eine angenehme Nacht?«

Sie blieb ihm die Antwort schuldig. Wie automatisch

umfasste ihre Hand den Duschvorhang. Obwohl sich der Sekretär in einem anderen Raum befand, war es ihr unangenehm, mit ihm zu sprechen, während sie nackt war.

»Entschuldigen Sie bitte, dass ich Ihre Freundin entführen muss«, redete er unbeirrt weiter. »Aber mit diesem verflixten Ding stehe ich wahrhaft auf Kriegsfuß.« Sie vernahm sein wütendes Schnauben bis unter die Dusche. »Normalerweise würde ich ja Flavio um Hilfe bitten, den Korporal.« Der Sekretär machte eine Pause, die Isabella nutzte, um sich die pitschnassen Haare auszuwringen.

»Ich kann ihn aber nirgends finden. Und auch seine Leute wissen nicht, wo er steckt. Also kam ich auf die Idee, Schwester Immacolata zu fragen.«

»Dauert bestimmt nicht lange«, fügte ihre Mitschwester hinzu. »Sicher ist nur irgendwo ein Kabel lose oder ein Stecker nicht eingesteckt.« Sie grinste. »So ist es doch immer.«

Ehe Isabella etwas zu erwidern wusste, schob sich die Badezimmertür auch schon wieder zu, und kurz darauf vernahm sie das Zuschnappen der Appartementtür. Sie lauschte noch eine Weile in die Stille, um sicherzugehen, dass Immacolata und Demetrio wirklich fort waren, bevor sie aus der Dusche stieg.

Mit dem zweiten Schritt ereilte sie der zweite kleine Schock des Morgens. Der Handtuchständer war leer. Sie drehte sich im Kreis auf der Suche nach einem frischen Handtuch, doch nirgends war eines zu sehen. Nur die beiden kleinen Handtücher für das Gesicht, die schräg über dem Waschbecken hingen.

»Vittoria!« Schlagartig fiel es ihr wie Schuppen von den Augen. Die junge Haushälterin wollte die Handtücher bringen, war jedoch in den Streit mit Amelia geraten und dann mit den Handtüchern im Arm wieder abgedampft.

Tropfnass, wie sie war, sah sie an sich herab. So viel stand fest, im Badezimmer gab es kein Handtuch für sie, also trat sie nach draußen und sah sich im gesamten Appartement um. Nichts! Kurzerhand rubbelte sie sich mit dem Bettlaken ab, streifte sich die Soutane über und band sich das nasse Haar zu einem Pferdeschwanz zusammen.

Sie verspürte Hunger und freute sich schon auf das Frühstück. Und so dauerte es nur wenige Minuten, bis sie die Tür der Da-Vinci-Suite hinter sich zuzog und die Treppe in das Erdgeschoss nahm. Dort traf sie auf einen der Wachgardisten.

»Entschuldigen Sie, Signore. Ich bin auf der Suche nach Amelia oder Vittoria. Haben Sie eine der beiden vielleicht gesehen?«

Sein Kopf zuckte, was den roten Federschmuck auf seinem Helm zum Wackeln brachte. »Bedaure, Schwester. Ich habe mich nur schnell erleichtert und muss auch wieder zurück auf meinen Platz.« Er wollte sich gerade umdrehen, hielt aber in der Bewegung inne und sah sie verschwörerisch an. »Bitte, sagen Sie dem Korporal nicht, dass ich mich von der Tür entfernt habe.«

Isabella zwinkerte konspirativ zurück: »Von mir wird niemand etwas erfahren.« Sie presste die Lippen aufeinander, fuhr sich mit der Hand über den Mund und warf einen imaginären Schlüssel über die Schulter.

Der Gardist grinste und verschwand winkend durch die Eingangstür. Isabella sah ihm hinterher und war einmal mehr erstaunt über die aufwendige Uniform der Schweizer Garde, deren Betrachtung einen zurück ins Mittelalter versetzte.

Ihr Magen knurrte auf, als sie den Duft von frischem

Kaffee und warmem Gebäck in die Nase bekam. *Womöglich Croissants?* Doch bevor sie sich über das Frühstück hermachte, wollte sie frische Handtücher organisieren. Sie kannte sich gut genug, um zu wissen, dass solche Dinge schnell aus ihrem Gedächtnis verschwanden. Und dann würde sie morgen aus der Dusche treten und wieder handtuchlos dastehen.

»Signorina Vittoria?« Sie begab sich in die Küche und blickte sich suchend um. »Amelia? Sind Sie da?«

Weder von der einen noch von der anderen Haushälterin erhielt sie eine Antwort. Der Weg durch die Küche führte sie zu einem kleinen Speiseraum mit herrlicher Aussicht auf die Vatikanischen Gärten, an dem ein Tisch für zwei Personen gedeckt war. Vermutlich für sie und Schwester Isabella.

»Amelia?«, rief sie noch einmal.

»Sie ist nicht da«, bemerkte Demetrio im Vorbeigehen, als er aus seinem Büro trat. Er hatte ein Telefon ans Ohr gepresst und schien es eilig zu haben. Mit der freien Hand deckte er die Muschel ab und nickte Isabella zu. »Und Vittoria habe ich auch noch nicht zu Gesicht bekommen. Vielleicht ist sie unten in der Waschküche.«

Isabella wollte gerade fragen, wie sie dort hingelangte, als er auch schon vorbei war und in einem Raum hinter der Küche verschwand. Doch dann sah sie die Steintreppe im hinteren Bereich des Flurs, die nach unten führte. Also raffte sie ihr Gewand und begab sich auf die Stufen in den Keller. Unten war es feucht und warm und roch nach frischer Wäsche. »Vittoria? Sind Sie hier unten? Amelia?«

Ein kleiner, schmaler Gang, von dem zu beiden Seiten zwei geschlossene Stahltüren abgingen, führte sie in einen Raum, in dem sich eine monströs große Waschmaschine befand. Die offen stehende Glastür reflektierte die

Sonnenstrahlen, die schwach durch das vergitterte Kellerfenster schienen. Der Rest des Raums lag im Halbdunkel. Isabella tastete die seitliche Wand ab, bis sie den Lichtschalter gefunden hatte, und knipste ihn an.

Für den Bruchteil einer Sekunde war es ihr unmöglich, auch nur den kleinen Finger zu bewegen. Sie war starr vor Schock.

Sie hatte die junge Vittoria gefunden. Sie lag rücklings auf dem Fliesenboden und starrte die Decke der Waschküche an.

Isabella erkannte Blut neben ihrem Kopf. Ein kleines, zartes Rinnsal, das sich seinen Weg zum Ausguss bahnte.

Endlich schaffte sie es aus ihrer Apathie und zwang Bewegung in ihre Beine. Dann, geradezu ruckartig, stürzte sie nach vorn, warf sich auf die Knie und tätschelte die Wange der auf dem Boden liegenden Frau.

»Vittoria! Was ist pass…?« Sie brach ab. Vittorias Augen standen halb offen, und Isabella wurde klar, dass der Blick ins Leere ging, niemandem mehr galt.

»Was ist nur passiert?«, fragte sie wieder leise. Sie blickte sich Hilfe suchend um, doch sie war völlig allein im Keller. Behutsam drehte sie den Kopf der Toten zur Seite und erkannte Blut am Hinterkopf. Ein Schauer durchfuhr sie. Dieses junge Ding war nicht die erste Tote, die Isabella zu Gesicht bekommen hatte, aber sie würde sich nie daran gewöhnen.

Trotz des Schocks ertappte sie sich dabei, wie sie den Leichnam ausführlich musterte. Die Position der Toten. Sie wirkte wie eine Stoffpuppe, die man einfach auf dem Boden hatte liegen lassen. Die Beine merkwürdig angewinkelt, der linke Arm dicht am Körper. Der andere lag gebeugt über Vittorias Kopf, die Hand zur Faust geballt.

Isabella versuchte sich einen Reim auf das Geschehene zu machen. Natürlich kam es vor, dass Menschen einfach so umfielen und tot waren. Aber doch nicht ein solch junges Ding. Und dann die Wunde am Kopf. Ob sie auf den Fliesen ausgerutscht und tödlich gestürzt war? So etwas kam vor. Nicht ohne Grund gab es die meisten tödlichen Unfälle bei Hausarbeiten.

Ihr Blick verfing sich in der Hand, die sich über Vittorias Kopf befand. Die Faust. Etwas befand sich darin. Angestachelt von ihrer Neugier, öffnete sie behutsam Vittorias Faust. Die Finger ließen sich problemlos bewegen, die Totenstarre war also noch nicht eingetreten. Was sagte ihr das?

Sie dachte fieberhaft nach und wünschte sich auf der Stelle Matteo herbei. Er hätte ihr diese Frage im Schlaf beantworten können, doch dann erinnerte sie sich an ein Gespräch mit einem von Matteos Kollegen von der Spurensicherung. Wenn sie ihr Gedächtnis nicht im Stich ließ, hatte dieser ihr erklärt, dass die Starre etwa zwei Stunden nach Eintritt des Todes im Gesichtsbereich begann. *War es das Kiefergelenk, das zuerst betroffen ist?*

Sie wusste es nicht mehr. Dafür aber, dass die Starre von den oberen Extremitäten langsam in die unteren Gliedmaßen überging – bis eine vollständige Erstarrung nach rund sieben Stunden erreicht war. Ihrer Einschätzung nach ließ sich Vittorias Leichnam noch problemlos bewegen. Allzu lang lag sie somit noch nicht hier. *Du Ärmste!*

Der Gegenstand in Vittorias Faust hatte sich als Stofffetzen entpuppt. Er war rosafarben und wirkte wie aus einem Kleidungsstück herausgerissen. Obendrein war er pitschnass.

Isabella spürte, wie sie ein Frösteln überlief. Sie verstand nicht, was hier unten geschehen war. Sie reckte ihren Kopf und sah sich um. Sie blickte in die Wäschetrommel und in die Wäschekörbe. Nirgends befand sich auch nur ein einziges Wäschestück, das frisch gewaschen wirkte. Schon gar kein rosafarbenes.

Aber dieser Fetzen in Vittorias Hand war nass. Sie schnupperte dran. Er roch nach Frühlingswiese. Ganz bestimmt war das Kleidungsstück, aus dem es gerissen worden war, frisch gewaschen gewesen. Doch wo war es hin?

»Was ist nur mit dir passiert?«, fragte sie Vittoria, die stumm durch sie hindurchsah.

Sie legte ihre Hand auf das Gesicht der Toten und schloss ihr die Augen. Für immer.

Kapitel

9

»Das ist so unglaublich schrecklich.« Demetrios Gesicht hatte nicht viel mehr Farbe als das der toten Vittoria, die noch immer an Ort und Stelle lag und nun von acht Augen angestarrt wurde.

Isabella hatte sich genügend unter Kontrolle gehabt, um nicht hysterisch aufzuschreien, als sie Vittoria gefunden hatte. Dennoch hatte sie nicht unbedingt länger als nötig mit ihr hier unten allein sein wollen.

Als sie die Kellertreppe hinaufgestiegen war, um irgendjemandem den schrecklichen Fund mitzuteilen, war es ihr vorgekommen wie ein entfernter Traum. Doch es war keiner. Vittoria lag noch immer tot an Ort und Stelle und musste es sich gefallen lassen, ausgiebig von Schwester Immacolata, Demetrio und Amelia angestarrt zu werden. Ihnen allen stand der pure Schrecken ins Gesicht geschrieben.

»Wie konnte das passieren?«, fragte der Sekretär.

Doch niemand antwortete.

Zumindest so lange, bis Isabella sich ein Herz fasste und ihren Spekulationen freien Lauf ließ: »Es gibt da eine Wunde am Hinterkopf«, sagte sie in sachlich-analytischem Tonfall. »Vermutlich durch das Aufschlagen auf dem harten Fliesenboden.«

»Sie ist gestürzt?« Immacolata blickte zu ihr auf und fuhr sich angestrengt über das Gesicht. Isabella zuckte mit den Achseln. »Ich weiß es nicht, aber es könnte sein. Ja.«

»Sie haben Sie angefasst?«, fragte Demetrio in leicht vorwurfsvollem Tonfall.

»Nun ja …« Sie entschloss sich dazu, einfach über die anklagende Frage hinwegzugehen, und dachte kurz nach, ob sie den dreien ihren merkwürdigen Fund in Vittorias Hand mitteilen sollte. Sie entschied sich dafür. Und so präsentierte sie den dreien den rosafarbenen Stofffetzen.

»Was ist das?«, fragte Demetrio.

»Ich weiß es nicht«, erwiderte Isabella schulterzuckend und beobachtete, wie Demetrio sich der Haushälterin zuwandte, die den Fetzen ebenfalls mit fassungsloser Mimik betrachtete.

Sie wedelte unbeholfen mit den Händen. »Ich habe keinen Schimmer!« Da sonst niemand etwas sagte, schien sie sich zu einer Aussage genötigt. »Ich habe gestern Abend die Soutane des Papstes gewaschen.« Sie wandte sich Isabella zu. »Nachdem ich den Fleck mit Essigessenz eingerieben und gründlich eingeweicht habe. Vittoria hatte ich heute Morgen gleich als Erstes damit beauftragt, sie aus der Waschmaschine zu nehmen und zum Trocknen aufzuhängen.«

»Schön und gut.« Isabellas Blick schweifte durch den Raum und blieb an der aufgespannten Wäschespinne neben der Waschmaschine haften, an der kein einziges Kleidungsstück zum Trocknen hing. »Aber wo ist die Soutane?«

Demetrio mischte sich ein: »Das ist doch jetzt völlig egal. Vittoria, Herrgott. Sie ist tot!«

Beklommenes Schweigen machte sich breit.

»Es muss ein Unfall gewesen sein«, sagte Amelia sofort. »Oftmals ist der Fliesenboden aufgrund des Waschmittels rutschig wie eine Schlittschuhbahn. Sie muss den Halt verloren haben und mit dem Hinterkopf auf den Boden geknallt sein.«

Schwester Immacolata und Demetrio nickten zustimmend. Isabella jedoch enthielt sich. Ihr kam es spanisch vor, dass die Soutane des Papstes nicht zum Trocknen auf der Leine hing und Vittoria diesen Stofffetzen mit der Faust umklammert hatte. Was hatte es damit auf sich?

Ihr Instinkt, geschult von all den Mordfällen, die sie bereits mit Matteo gelöst hatte, sagte ihr, dass mehr als ein tragischer Unfall dahintersteckte. Doch wer würde eine junge Haushälterin umbringen? Wo war das Motiv?

Ihr kam der Streit mit Amelia in den Sinn. Vittoria hatte darauf bestanden, den Fleck mit Backpulver auszuwaschen. Amelia war jedoch strikt dagegen gewesen. Doch hatten die beiden Damen sich so sehr wegen der Papstsoutane in die Wolle bekommen, dass Amelia …

Sie warf der Haushälterin einen langen Blick zu und verwarf den Gedanken sogleich. Amelia schien mit den Nerven am Ende. Ihre roten Haare hingen ihr in Strähnen ins Gesicht, und ihre Augen glänzten feucht. Sie war sichtlich vom Tod der jungen Auszubildenden mitgenommen.

Selbiges galt auch für den Sekretär, der den Blick nur schwer von Vittoria nehmen konnte. »Dieses arme Ding«, raunte er leise vor sich hin. »So jung.« Plötzlich wandte er sich Amelia zu. »Wir müssen die Gendarmeria Vaticana verständigen.« Der Sekretär ließ den Blick nervös in die kleine Runde schweifen. »Die Vatikanpolizei.«

»Sehr wohl, Signore Demetrio. Ich kümmere mich sofort darum«.

Amelia rannte förmlich aus der Waschküche, als könnte sie es kaum erwarten, diesen Ort zu verlassen. Isabella verübelte ihr dieses Verhalten nicht. Für sie war der Anblick der jungen Frau kaum zu ertragen, wie schlimm war es dann für eine Person, die eng mit ihr zusammengearbeitet hatte?

Während sie auf das Eintreffen der Vatikanpolizei warteten, erzählte Isabella dem Erzbischof noch einmal ausführlich, wie sie Vittoria vorgefunden hatte.

Und gerade als sie fertig war, traten zwei Männer mittleren Alters in dunkelblauen Uniformen in den Keller. Sie begrüßten die beiden Schwestern mit einem kurzen Grunzen und unterhielten sich ausschließlich mit Demetrio, der im Grunde nur das wiedergab, was Isabella ihm gerade erzählt hatte.

Nachdem der befehlshabende Polizist, der sich als Franco Fontana vorgestellt hatte, sich dann doch an Isabella gewandt und seine wenigen Routinefragen auf sie abgefeuert hatte, wurden die beiden Schwestern ziemlich ruppig des Ortes verwiesen, was Isabella außerordentlich irritierte.

In Santa Caterina hatte sie stets mit Matteo zusammen ermittelt. Doch hier war sie außen vor. Dabei war sie nicht einmal dazu gekommen, die Polizisten über die fehlende Soutane des Papstes aufzuklären. Sie konnte nur hoffen, dass Demetrio das für sie übernahm.

Isabella ließ es keine Ruhe, was es mit dem Stofffetzen auf sich hatte, der noch tropfnass gewesen war, als sie ihn aus Vittorias Faust befreit hatte. Es musste doch einen Grund dafür geben, dass sie ihn bis zu ihrem Tod so fest umklammert hatte.

Sie konnte es drehen und wenden, wie sie wollte: Etwas stimmte hier ganz und gar nicht. Sie glaubte keine Sekunde an eine natürliche Todesursache.

Kapitel

10

Isabella saß am Rande der Vatikanischen Gärten auf einer Parkbank im Schatten eines Mammutbaums und ließ sich von den Strahlen der Frühlingssonne die Nase kitzeln.

Die Sonne hatte heute einiges an Arbeit, um den Garten erstrahlen zu lassen. Zu viele Wolken hingen am Himmel und machten ihr das Durchkommen schwer. Doch wenn sich die Wolkendecke direkt über ihr öffnete, wurde Isabella mit einer wohligen Wärme belohnt. Auf ihrem Schoß ruhte die Bibel ihrer Oma, die ihr so viel bedeutete und die sie seit ihrer ersten heiligen Kommunion wie einen Schatz hütete.

Sie hatte sie willkürlich aufgeschlagen und versucht, sich in die zweite Rede des Elifas zu vertiefen, über die Sündhaftigkeit aller Menschen. Um sie herum hatten sich nur wenige Touristen verirrt, die ebenfalls die Ruhe fernab des Trubels suchten, wie er in der Nähe des Petersdoms und der Sixtinischen Kapelle vorherrschte.

Immer wieder schweifte ihr Blick von den Buchstaben weg und verfing sich in ihrer Umgebung. Sie ertappte sich dabei, wie sie sich ein Leben im Vatikan vorstellte. Wie es wohl wäre, an solch einem Ort zu wohnen. War sie dafür geschaffen, inmitten der vielen Menschen zu sein?

Sie war ein Dorfkind, das es nie in die Nähe einer Großstadt gezogen hatte. Ihre geistlichen Stationen waren allesamt kleine Abteien gewesen – weil sie die direkte Nähe zur Natur brauchte. Doch der Garten, in dem sie sich nun befand, hatte es ihr angetan. Eine atemberaubend schöne Oase der Stille inmitten des Touristengetümmels.

Mit einem tiefen Seufzer wandte sie sich wieder dem Bibeltext zu und vertiefte sich erneut in Elifas' Rede. »Was weißt du, was wir nicht wissen«, las sie leise vor sich hin und nahm bereits den nächsten Satz nicht mehr wahr. Ihre Gedanken schweiften zu Vittoria.

Gleich nachdem sie von der Polizei aus der Waschküche befördert worden waren, hatte sie gemeinsam mit Schwester Immacolata die Kapelle aufgesucht und für Vittorias Seele gebetet. Es war das Mindeste, was sie tun konnten.

Im Grunde hatte Isabella nur noch das Bedürfnis, nach Hause zurückzukehren – solange Santa Caterina noch ihr Zuhause war. Doch sie würden erst morgen abreisen, und Schwester Immacolata hatte ein intensives Sightseeing-Programm ausgearbeitet, um auch wirklich alle Attraktionen zu sehen – mit Isabella, die sich ihrem Schicksal wohl oder übel fügen musste.

Wenigstens von ihren Romplänen hatte sich Immacolata aufgrund der aktuellen Ereignisse verabschiedet. So sollte sich die Besichtigung der Attraktionen einzig und allein auf die Vatikanstadt beschränken. Dabei gab es in Isabellas Augen wahrlich Wichtigeres zu tun.

Sie hatte einen neuen Plan gefasst, um den Vatikan

von der Klosterschließung abzubringen. Und wenn sie diesen Generalrevisor nicht persönlich zu sprechen bekam, dann vielleicht doch jemanden, der noch über dieser Person stand.

Sie musste noch einmal um eine private Audienz mit dem Papst bitten. Sie wusste nicht, wie groß die Chance war, ihn ein weiteres Mal sprechen zu dürfen. Aber sie musste es herausfinden.

Sie schlug die Bibel zu – mit einem lauten Knall, der zwei Vögel über ihr im Mammutbaum aufflattern ließ. Sie erhob sich von der Bank und machte sich auf den Weg zurück zum Gästehaus. Vielleicht war genau jetzt der richtige Zeitpunkt, um dem Privatsekretär ihre Bitte vorzutragen.

Auf dem Weg zurück, brachte sie ein schepperndes Geräusch aus dem Tritt und ließ sie innehalten. Als sie sich in Richtung der Lärmquelle drehte, erblickte sie eine Gestalt, die sich aus einem Seiteneingang des Gästehauses schob und sich an der Hauswand des Dimora Santa Maria vorbeidrückte – anscheinend, um nicht gesehen zu werden.

Sie hielt einen Müllsack in der Hand und trug einen Kittel wie den eines Hausmeisters. Doch der Figur nach zu urteilen, war es eine zierliche Frau – eine Frau mit dunkelroten Haaren, die unter einem unförmigen Käppi hervorlugten.

»Amelia?«, fragte Isabella sich leise. Aber … was tat die Haushälterin da? Sie huschte hinter das Haus – als wäre sie auf der Flucht. Neugierig änderte Isabella ihren Plan und folgte der Haushälterin die schmale Gasse entlang.

Sie hatte sich nicht geirrt. Immer wieder hielt Amelia inne und warf hastige Blicke zurück. Dass sie Isabella nicht sah, lag daran, dass diese sich immer im letzten

Moment in den Schatten einer Hauswand gedrückt hatte.

Amelia hielt auf einen Müllcontainer zu, der ein paar Gebäude weiter auf einem Parkplatz stand. Sie blieb direkt davor stehen und drehte sich noch einmal nach allen Seiten um.

Isabella duckte sich hinter einer abgestellten Vespa und hielt den Atem an. Sie wagte es nicht, aufzuschauen, hörte aber das Aufziehen des Müllcontainers, gefolgt von einem scheppernden Geräusch. Und schließlich das quietschende Zuziehen des Containerdeckels.

Kurz erfasste Isabella Panik. Was, wenn Amelia denselben Weg zurück einschlagen würde? Dann würde sie Isabella geradewegs in die Arme laufen. Doch die Sorge stellte sich als unbegründet heraus. Isabella vernahm die hastigen Schritte der Haushälterin, die leiser und leiser wurden.

Isabella trat erst hinter dem Schatten der Vespa hervor, als die Schritte gänzlich verstummt waren. Ihr Pulsschlag beschleunigte sich. Was hatte Amelia für einen Grund, etwas in einen Container zu werfen, das sie heimlich aus dem Gästehaus geschafft hatte?

Vor dem Container stehend hielt auch Isabella inne. Sie wandte ihren Kopf in beide Richtungen, um sich zu vergewissern, unbeobachtet zu sein. Dann zog sie mit angehaltenem Atem die Containerklappe auf. Sie war schwer, sodass sie beide Hände benötigte. Der widerliche Gestank von alten Küchenabfällen schlug ihr entgegen. Den gesuchten Müllsack fand sie sofort. Er lag obenauf und bedeckte vermoderten Rasenschnitt.

Sie zögerte kurz, in den Container hineinzugreifen, weil sie glaubte, in der linken hinteren Ecke eine Bewegung erkannt zu haben. Vielleicht eine Ratte? Tapfer überwand sie ihren Widerwillen, fasste nach dem Müllsack und zog ihn mit einem festen Ruck aus dem Container.

Von der Neugierde übermannt, riss sie ihn an Ort und Stelle auf und langte in ein feuchtes Kleidungsstück, das in einem zarten Rosa leuchtete. Hektisch befreite sie das Textil aus dem Müllsack und breitete es aus. Die Farbe war eindeutig der gleiche Blassrosaton wie bei dem Stofffetzen, den sie in Vittorias Hand gefunden hatte.

Und als ihr endlich klar geworden war, was genau sie da aus dem Müllbeutel gefischt hatte, schnappte sie nach Luft. Es war die Soutane des Papstes. Und sie war von oben bis unten verfärbt.

Kapitel

11

»Ist es nicht eine außerordentliche Ehre, dass ausgerechnet wir beide Zutritt zur Nikolinischen Kapelle erhalten?« Schwester Immacolata war in ihrer Begeisterung überhaupt nicht mehr zu bremsen. »Normale Menschen dürfen hier überhaupt nicht rein.«

»Das stimmt so nicht ganz«, korrigierte Isabella ihre Freundin. Endlich konnte sie auch einmal mit Wissen aus dem Reiseführer auftrumpfen, den sie sich am ersten Abend als Bettlektüre zur Hand genommen hatte, weil sie nicht hatte einschlafen können. »Es besteht die Möglichkeit, eine private Führung zu buchen«, erklärte sie Immacolata. »Für dreihundert Euro.«

»Waaas?!« Die Stimme der alten Schwester überschlug sich beinahe vor Unglauben. »Wer kann sich denn so etwas leisten?«

Isabella lachte auf. »Na, bestimmt keine Ordensschwester aus Santa Caterina.«

Dem stimmte Immacolata schnaubend zu. »Da ist es ja bloß gut, dass wir solch einen guten Draht nach oben haben.« Sie reckte das Kinn, um die Decke über ihr in

Augenschein zu nehmen, obgleich Isabella ganz genau wusste, dass sie nicht den Herrgott meinte, sondern den päpstlichen Sekretär Demetrio, der unmittelbar hinter ihnen stand, als würde er den Eingang zur Kapelle bewachen.

Er schloss sich ihrer Unterhaltung an: »Jährlich wird die Vatikanstadt von fünf Millionen Touristen besucht. Würden sie alle über diesen Boden wandeln, wäre die Kapelle ganz schnell eine Ruine. Mit dem hohen Eintrittspreis halten wir sie instand und sorgen dafür, dass sie nicht, nun ja, überrannt wird.«

»Zum Schutz der Kapelle also«, schlussfolgerte Immacolata mit verständnisvollem Augenaufschlag.

Isabella verstummte. Sie hatte ihre eigene Meinung dazu. Denn mit dieser Handhabung blieb der wundervolle Ort Menschen vorenthalten, die sich diese Summe schlichtweg nicht leisten konnten. Und das wiederum passte überhaupt nicht zu ihrem unerschütterlichen Verständnis, dass vor Gott alle Menschen gleich waren. Doch dieses Thema wollte sie nicht vor dem Erzbischof ansprechen. Stattdessen übte sie sich in Dankbarkeit, dass ihr und Immacolata dieser Ort zugänglich gemacht worden war.

Die Nikolinische Kapelle befand sich im Herzen des Apostolischen Palastes, nur einen Steinwurf von den Stanzen des Raffael entfernt. Demetrio hatte ihnen den Zugang gewährt, weil er der Meinung war, dass kein Besuch des Vatikans vollständig sei, wenn man sich nicht die kleine Kapelle ansah, die Fra Angelico ausgemalt hatte. Ein Künstler, so begnadet, dass er von Papst Johannes Paul dem Zweiten seliggesprochen wurde und seither der Schutzpatron der christlichen Künstler war.

»Auch wenn ich das Geld niemals hätte aufbringen können«, sagte Immacolata, »muss ich eingestehen, dass die Cappella Niccolina jeden Cent davon wert ist. Ich hätte wahrlich etwas in meinem Leben verpasst, wenn ich sie nicht gesehen hätte.« Die alte Schwester blieb vor einem prächtigen Fresko stehen, das einem buchstäblich den Atem verschlug.

Isabella gesellte sich zu ihr und betrachtete die beiden übereinander verlaufenden Szenen, die das Leben und Leiden der Märtyrer Stephanus und Laurentius darstellten.

Isabella liebte Kunst. Problemlos konnte sie sich in derartige Malereien vertiefen und über das Betrachten Raum und Zeit vergessen. Sie drehte sich langsam im Kreis und ließ die komplett bemalten Wände auf sich wirken.

Demetrio hatte ihnen gesagt, dass die Kapelle im dreizehnten Jahrhundert entstanden sei. Es war ein schier unfassbarer Blick in die Vergangenheit der Menschheit, der sich ihr darbot. Sie betrachtete die Wände, deren Farben so frisch und lebendig wirkten, als hätte Angelico sein Werk erst kürzlich beendet.

Und dennoch schaffte sie es nicht, sich voll und ganz auf diese kunstvollen Malereien einzulassen. Zu viele Dinge geisterten in ihrem Kopf herum. Noch hatte sie niemandem von der gefunden Papstsoutane erzählt, dabei brannte es ihr unter den Nägeln, Demetrio davon zu berichten. Was sie daran hinderte, war, dass sie Amelia nicht in Schwierigkeiten bringen wollte.

Bislang hatte Isabella nichts als Vermutungen, die zwar in eine Richtung deuteten, die ihr nicht gefiel, aber es waren eben nur Spekulationen. Zunächst wollte sie die Haushälterin mit ihrem Fund konfrontieren. Vielleicht gab es für alles eine logische Erklärung. Das Problem war nur, dass sie die Haushälterin seit dem Müllbeutelvorfall nicht mehr zu Gesicht bekommen hatte. Als hätte sie sich in Luft aufgelöst.

»Meine verehrten Schwestern …« Im Hintergrund hörten sie Demetrio sich räuspern. »… wir sollten nun wirklich weiter, sonst kommen wir noch zu spät für die Touristengruppe.«

Immacolata jauchzte. »Och, ich hätte durchaus nichts gegen eine persönliche Führung mit dem Privatsekretär des Papstes einzuwenden.«

Demetrio warf einen flüchtigen Blick auf seine Armbanduhr und legte seine Stirn in Sorgenfalten. »Der das auch wirklich sehr gerne machen würde, dafür aber wirklich keine Zeit mehr hat.« Er sah sie beide auf seine liebenswürdige Art an. »Ich bin heilfroh, dass ich es zumindest ermöglichen konnte, ihnen diesen wundervollen Ort zu zeigen.«

»Wofür wir außerordentlich dankbar sind.« Isabella versuchte sich ebenfalls an einem liebenswerten Lächeln.

Sie hatte den Sekretär noch immer nicht nach einer zweiten Audienz beim Papst gefragt. Immer wenn sie den Mut gefasst hatte, kam irgendetwas oder irgendwer dazwischen. Es war unfassbar, wie eng getaktet der Tagesablauf von Demetrio war. Da wollte sie sich gar nicht erst ein Bild davon machen, wie der Kalender des Papstes aussehen musste.

Mit einem Mal fühlte sie sich unendlich klein. Wer war sie, dass sie die Zeit dieser beiden so wichtigen Männer beanspruchte? Was war nur in sie gefahren, sich so wichtig zu nehmen. Gerade inmitten dieser grandiosen Malereien wurde sie sich ihrer Bedeutungslosigkeit im Universum bewusst. Ein gleichermaßen beruhigendes wie ernüchterndes Gefühl.

Demetrio tippte nervös mit seiner Spitze des Schuhs auf den mit Holzbalken durchsetzten Boden. Isabella hatte verstanden. Sie zupfte Immacolata am Ärmel und zog sie kurzerhand mit sich in Richtung Ausgang.

Als sie an Demetrio vorbeitraten, sagte dieser: »Ich habe Ihnen die Uhrzeit mit dem besten Fremdenführer herausgesucht. Der Mann weiß einfach alles über den Vatikan. Es wird Ihnen sicherlich gefallen.«

Immacolata nickte eifrig. »Ganz bestimmt wird es das!«

Sie traten aus dem magischen Ort heraus und hielten auf eine Gruppe plaudernder Gäste zu. »Das ist Ihre Touristengruppe«, erklärte Demetrio und verabschiedete sich von ihnen mit einem Nicken. Im nächsten Moment war er im Getümmel verschwunden.

»Betrachten wir uns nun die Stanzen des Raffael, meine verehrten Damen und Herren«, hörten sie den Fremdenführer rufen. Es war ein junger Mann mit kurzen hellen Locken, die schafwollähnlich aussahen. Er hielt eine gelbe Fahne hoch, vermutlich, damit keiner in der Gruppe in den Menschenmassen, die sich durch den Papstpalast schoben, verloren ging.

Isabella und Immacolata ließen allen aus ihrer Gruppe den Vortritt und reihten sich hinten ein. Wie die Enten folgten sie dem Fremdenführer zu den Gemächern, die Raffael ausgemalt hatte.

»Auf die bin ich ja mal gespannt«, rief Immacolata begeistert in geduldigem Watschelgang.

Isabellas Vorfreude hielt sich jedoch in Grenzen. Es war schwer vorstellbar, dass sie irgendetwas nach dem Besuch der Nikolinischen Kapelle noch einmal so sehr in den Bann ziehen würde. Schon gar nicht, wenn ihr der Blick von all den Menschen versperrt wurde, die dasselbe Ziel zu haben schienen. Isabella liebte Menschen. Aber nicht in Scharen. Um sie herum herrschte ein kaum erträgliches Stimmengewirr, das sie keinen ruhigen Gedanken fassen ließ.

Während sie einen kleinen Schritt vor den anderen setzte und alle Eindrücke des Palastes auf sich wirken ließ, fiel ihr Blick auf eine Person, die sich entgegen den Touristenströmen bewegte. Sie erkannte sie sofort. Vielleicht, weil sie dieses Mal keinen Hausmeisterkittel am Leib hatte, sondern ein figurbetontes Sommerkleid in frohen Farben. Und sie trug keine Kappe, sondern ihr lockiges rotes Haar offen. Es war Amelia, die Haushälterin des Dimora Santa Maria.

Sogleich wurde Isabella von einer inneren Unruhe gepackt. Bislang hatte sich für sie noch nicht die Gelegenheit ergeben, Amelia auf den Müllbeutel mit der verfärbten Papstsoutane anzusprechen. Sie entschuldigte sich bei Schwester Immacolata unter dem Vorwand, noch etwas Dringendes erledigen zu müssen, und entfernte sich von ihrer Entenfamilie.

»Amelia«, rief sie über die Menschentraube hinweg, die sich ihr entgegenstellte.

Die Haushälterin hörte sie nicht. Sie war zu weit weg, sodass Isabella ihren Schritt beschleunigen musste, um zu ihr aufzuschließen. Ein schwieriges Unterfangen, da Amelia es äußerst eilig zu haben schien. Die Masse an Besuchern, die sich Isabella entgegendrängten, wollte einfach kein Ende nehmen. Bestimmt waren sie allesamt auf dem Weg in den zweiten Stock des Palastes, um sich die vier von Raffael bemalten Räume anzuschauen.

Isabella schob sich durch eine Lücke hindurch. Mit geraffter Soutane eilte sie den Korridor entlang, bis sie eine Abzweigung erreichte. Doch wo war Amelia? Schwungvoll wandte sie sich nach allen Seiten um, aber von der Haushälterin gab es keine Spur.

Sie wollte gerade umdrehen, als sie am Ende des

rechten Ganges den Zipfel des farbenfrohen Sommerkleides erkannte, das Amelia trug. Sie war also um die Ecke gebogen. Isabella eilte ihr hinterher.

Sie hatte keine Ahnung, wo sie sich befand. Es war eine Art langer Flur mit marmornem weißem Boden, aber unscheinbaren Tapeten und nichts, was auch nur in irgendeiner Weise auf Kunst hindeutete. Vermutlich ging es hier zu den Bürogebäuden der römischen Kurie, dem Verwaltungstrakt.

Als auch Isabella die Ecke erreicht hatte, war sie schon wieder zu spät. Gerade noch erblickte sie eine Tür, die kurz davor war, ins Schloss zu fallen. Ihr erst kürzlich wieder aufgenommenes Laufprogramm kam ihr zugute, denn im Sprint schaffte sie es, die Tür zu erreichen, bevor diese zuschnappte.

Sie zog sie auf und fand sich mit einem Mal im Freien wieder. Blinzelnd versuchte sie, sich zu orientieren. Die Sonne stand grell über ihr. Isabella befand sich in einem überdachten, von sandsteinernen Säulen getragenen Arkadengang, der sich zu einem großzügig angelegten Garten mit Magnolien- und Zitronenbäumen öffnete. Der breite Weg war umsäumt von Buschwerk und Pflanzen in wuchtigen Terrakottatöpfen.

Sie staunte nicht schlecht. Einen wirklich hübschen und ruhigen Rückzugsort hatte sie da aufgestöbert. Sogar das Gurren von Tauben und das Krächzen der Möwen waren zu hören. Nur von Amelia gab es noch immer keine Spur.

Isabella schlenderte weiter den weitläufigen Gang entlang und war überrascht, keine Menschenseele zu sehen. Doch hinter der nächsten Abbiegung hielt sie inne. Am Ende des Weges erkannte sie einen weißen Freiluftaltar vor einer Ziegelwand, in der ein Bleiglasfenster mit leuchtend bunten Glasstücken eingefasst war. Davor standen Amelia und ein Schweizer Gardist, wie sie unschwer an der altertümlichen Uniform erkannte.

Aus einem inneren Instinkt heraus drückte sie sich in den Schatten einer Säule und linste vorsichtig um die Ecke. Die beiden unterhielten sich. Doch leider war sie zu weit weg, um auch nur ein Wort verstehen zu können. Nahezu lautlos huschte sie von Säule zu Säule, bis sie nur noch wenige Meter von dem Altar entfernt war. Vor dem Eckpfeiler befand sich ein mannshoher Busch, durch dessen Blattwerk sie blickte, ohne Gefahr zu laufen, entdeckt zu werden.

»Ich verstehe es einfach nicht«, hörte sie Amelia nun klar und deutlich sagen.

»Weil es da womöglich auch überhaupt nichts zu verstehen gibt«, erwiderte der Schweizer Gardist. Nun, aus der Nähe, erkannte sie den Mann wieder, mit dem sie sich bereits am Eingang des Gästehauses unterhalten hatte. Er trug das schwarze Barett, das die kantigen Züge seines Gesichts betonte.

»Sie ist tot, Flavio.« Amelias Augen waren weit aufgerissen, als sie zu dem Mann aufsah. Sie stand nur einen halben Meter von ihm entfernt. »Tot, hörst du?«

Isabella sah den Korporal nicken, ehe er mit einfühlsamer Stimme erwiderte: »Unfälle passieren nun einmal, Stellina.«

Stellina? Isabellas Brauen schoben sich vor Verwunderung zusammen. *Sternchen?*

»Lass dir das Herz dadurch nicht unnötig schwer werden«, sprach er weiter.

»Wie kannst du das nur so dahinsagen? Vittoria ist tot. Und ich bin …« Anstatt den Satz zu beenden, begann Amelia zu schluchzen.

»Stellina, du trägst keine Schuld an alledem!«

Amelia schwieg. Durch das Blattwerk hindurch erkannte Isabella die Sorge, die sich auf den Zügen der Haushälterin abzeichnete. Was für eine Unterhaltung verfolgte sie da gerade? *Was hat Amelia mit Vittorias Tod zu tun?*

Amelia fand aus ihrem Schweigen zurück: »Ich … ich glaube, sie wusste es. All diese Andeutungen, die sie in der letzten Zeit von sich gegeben hat. Was, wenn sie vor ihrem Tod jemandem davon erzählt hat?«

Flavio schüttelte den Kopf. »Das hat sie bestimmt nicht.«

Amelia blickte zu dem Mann auf. »Bist du dir sicher?«

»Absolut.«

Amelia wollte etwas erwidern, doch plötzlich nahm Flavio sie in die Arme und küsste sie leidenschaftlich. Isabella wandte den Blick ab und musste diese Überraschung erst einmal verdauen.

Amelia und Flavio waren ein Paar? Diese Erkenntnis traf sie vollkommen unvorbereitet. Flavio war um Jahre jünger als Amelia. Der Gardist war vielleicht Anfang zwanzig, wenn sie sein Aussehen richtig einschätzte. Amelia hingegen ging bereits auf die vierzig zu. Sie war zweifellos eine schöne Frau, und natürlich sollte das Alter nie ein Grund sein, um einer Liebe nicht nachzugehen, und dennoch war Isabella überrascht.

Gut, schoss es ihr durch den Kopf. *Amelia und Flavio sind also ein Paar oder haben zumindest eine Affäre.* Doch wie passte das mit der weggeworfenen Soutane und mit Vittorias Tod zusammen? Es wurde immer kurioser. Kopfschüttelnd drückte sie das Gesicht wieder durch das Blätterwerk des Strauchs, von dem sie glaubte, dass es sich um eine junge Magnolie handeln könnte.

Noch immer versuchte sie, einen Sinn in dem gerade gehörten Gesprächsfetzen zu finden. *Amelia glaubt, dass*

Vittoria etwas wusste. Was? Womöglich, dass Amelia und Flavio eine Beziehung miteinander haben? Wäre das denn wirklich so tragisch?

Für Isabella war es gut vorstellbar, dass eine Liaison unter den Angestellten vom Vatikan nicht gern gesehen wurde. Aber ganz bestimmt war dies noch lange kein Grund, um Vittoria etwas anzutun. Irgendwie passte überhaupt nichts mehr zusammen.

Sie wollte sich gerade abwenden, als Amelia etwas aus dem Oberteil ihres Kleides herausfischte. Neugierig hielt Isabella inne. Es war ein kleiner dunkler Gegenstand, den sie dem Gardisten in die Hände drückte. Die Reaktion des Korporals war irritierend. Es kam ihr vor, als würde er davor zurückweichen – beinahe ängstlich. Auch sein Gesicht veränderte sich. Die markanten Züge verzogen sich zu einer erschrockenen Grimasse.

Amelia sagte etwas, doch Isabella verstand kein Wort, weil sich unmittelbar in ihrer Nähe zwei Möwen mit einer Handvoll Tauben um ein angebissenes Cornetto stritten, das am Wegrand liegen gelassen worden war.

Flavio fand sein Lächeln wieder, doch auf die Schwester wirkte es verkrampft. Kopfschüttelnd gab er den Gegenstand an Amelia zurück, die ihn unsicher wieder in der Bluse verschwinden ließ.

Der Gardist presste seinen Finger auf Amelias Lippen und sagte etwas, das im Gegurre der Tauben unterging. Schließlich küsste er sie zart auf die Stirn und drückte sie noch einmal an sich. Hinter dem Busch wedelte Isabella mit den Händen und gab leise, zischende Laute von sich, um die Vögel zum Schweigen zu bringen. Es gelang.

Isabella hörte Amelias Stimme dumpf: »Natürlich kann ich das nicht von dir verlangen, mio tesoro. Niemals würde ich dich einer Gefahr aussetzen, das weißt du.«

Als ihre Lippen erneut zueinanderfanden, hatte Isabella genug gesehen. Sie zog sich leise zurück. Ein untrügliches Gefühl sagte ihr, dass sie nun zumindest eine Spur hatte, die ihr eine Erklärung für Vittorias plötzlichen Tod liefern konnte. Sie musste mit Amelia sprechen. Allein!

Kapitel 12

Wie ein gefangener Tiger war Isabella im Zimmer der Da-Vinci-Suite umhergestreift, um sich die Worte zurechtzulegen, die sie an Amelia richten wollte. Immacolata war noch immer nicht von ihrer Fremdenführung zurückgekehrt, was Isabella nur recht war. Denn so konnte sie sich voll und ganz auf ihre Gedanken konzentrieren, die sich einzig und allein um Vittoria und um die Rolle drehten, die sie in diesem Dreieck mit Amelia und Flavio gespielt hatte.

Zu gern hätte sie den Privatsekretär nach dem aktuellen Stand der Ermittlungen der Vatikanpolizei gefragt. Ob es mittlerweile hieb- und stichfeste Beweise für gewaltsame Einwirkungen gab. Noch immer glaubte sie keine Sekunde an einen natürlichen Tod.

Doch der Vatikan war nicht Santa Caterina, und sie hatte keinen Carabiniere wie Matteo zur Seite, der ihr den neuesten Ermittlungsstand mitteilte. Vielleicht, so dachte sie, würde sie es schaffen, Demetrio die eine oder andere Information zu entlocken. Doch seit seinem Abschied in der Nikolinischen Kapelle hatte sie ihn nicht mehr zu Gesicht bekommen.

Also musste sie selbst tätig werden. Vor allem musste sie wissen, was es mit diesem Gegenstand auf sich hatte. Sie war nun schon seit einer Stunde zurück aus dem Museum und hielt es nicht mehr länger in ihrem Appartement aus. Sie beschloss, Amelia zur Rede zu stellen.

Sie wusste, dass die Haushälterin von ihrem Treffen mit Flavio längst zurück war, weil Isabella von ihrem Fenster aus beobachtet hatte, wie sie nur kurz nach ihr das Gästehaus betrat – ganz bestimmt mit diesem ominösen Gegenstand am Leib, den sie in ihrer Bluse versteckt hatte.

Mit etwas zu viel Schwung zog sie die Tür der Suite ins Schloss und suchte ohne Umwege den Personalbereich im Erdgeschoss auf. Auf dem Weg dorthin traf sie keine Menschenseele, beinahe kam es ihr so vor, als wäre das Gästehaus wie ausgestorben. Der Gedanke bescherte ihr eine dichte Gänsehaut auf den Armen.

Vor Amelias Tür hielt sie einen Augenblick inne, straffte sich, atmete tief die Luft ein, die nach Teppich und Möbelpolitur roch. Sie war nervös. Wie würde Amelia reagieren, wenn sie sie mit der gefundenen Soutane des Papstes konfrontierte, die oben in ihrem Zimmer lag? Welche Wahrheit würde Isabella ans Licht bringen?

Als sie den Atemzug langsam aus den Lungen entweichen ließ, setzte sie ihren Knöchel an das Türholz und klopfte dagegen. »Amelia?« Sie erschrak über den lauten Klang ihrer eigenen Stimme, die im langen Korridor nachhallte, und fügte leiser hinzu: »Haben Sie einen Augenblick Zeit für mich?«

Sie erhielt keine Antwort.

»Amelia?«, fragte sie noch einmal. »Sind Sie da?«

Sie klopfte noch einmal, hatte die Hoffnung aber längst aufgegeben. Enttäuschung breitete sich in ihr aus. Sie wandte sich ab und wollte zurück zu ihrer Suite gehen. Doch dann blieb sie abrupt stehen und wandte sich noch einmal der Tür zu. Sie hatte die goldene Türklinke fest im Fokus, als könnte sie sie mit ihrem Blick hypnotisieren.

»Ach, was solls?«, murmelte sie leise vor sich hin, legte ihre Hand auf das kalte Metall und drückte sie herunter. Zu ihrer Überraschung gab die Tür nach und schob sich einen Spaltbreit auf.

»Nanu?« Das Herz schlug ihr hart in der Brust. Unsicher blickte sie nach links und rechts, sah aber niemanden. Sie lugte mit dem Kopf in das Zimmer. »Amelia? Sind Sie da?«

Keine Antwort drang zu ihr heran, und mit nichts anderem hatte sie gerechnet. Förmlich auf Zehenspitzen huschte sie in das Zimmer und zog die Tür leise hinter sich zu. In der Mitte des Raums blieb sie stehen und war bemüht, ihren Puls unter Kontrolle zu bringen.

Was sie hier tat, war nichts anderes als Hausfriedensbruch, und so intensiv sie auch darüber grübelte, ihr wollte kein plausibler Grund einfallen, mit dem sie ihr unerlaubtes Eindringen würde rechtfertigen können. Also durfte sie sich nicht erwischen lassen.

Hastig sah sie sich um. Amelias Privatgemach war eine kärglich eingerichtete Stube. Ein schmales Bett, ein kleiner Schreibtisch vor einem Sprossenfenster, ein Schrank, eine Kommode und mehrere Regale, in denen sich Buchrücken, sortiert nach Farben, aneinanderreihten.

Sämtliche Möbel waren weiß und verliehen dem Zimmer eine freundlich-aufgeräumte Atmosphäre. An der rechten Wand gab es eine weitere Tür, die halb offen stand und den Blick in ein ebenso weißes Badezimmer freigab.

An den Wänden hingen größere eingerahmte Fotos – wahrscheinlich Urlaubsschnappschüsse. Auf einem erkannte sie Amelia in einem schneeweißen Kleid vor den Pyramiden. Ein anderes Bild zeigte sie auf einem kleinen bunten Schiff auf einem azurblauen Meer mit Tauchermaske und Schnorchel.

Am Schrank hing eine frische, gebügelte Dienstmädchen-Uniform an einem Kleiderbügel. Auf der rechten Seite der Schranktür sah Isabella ihr eigenes Spiegelbild. Sie kam nicht umhin, sich selbst einen mahnenden Blick zuzuwerfen. Was sie hier tat, war absolut nicht in Ordnung.

Und dennoch, sie wollte Antworten. Und dafür musste sie wissen, welchen Gegenstand Amelia Flavio hatte zuspielen wollen. Was hatte Amelia mit Vittorias Tod zu tun?

Wo auch immer Amelia sich herumtrieb, sie konnte jeden Augenblick zurückkommen. Also drängte Isabella alle Bedenken beiseite und machte sich an die Arbeit. Sie ging gründlich und behutsam vor. »Bloß keine Spuren hinterlassen«, ermahnte sie sich leise und fragte sich, wie viele Rosenkränze sie heute Abend würde beten müssen.

Zunächst widmete sie sich dem Kleiderschrank, suchte akribisch zwischen den Shirts, Jeans und Pullovern. Ein wenig war sie erschrocken über sich selbst, wie routiniert sie zur Sache ging. Tatsächlich war es nicht das erste Zimmer, das sie heimlich durchsuchte.

Nachdem sie sich durch alle Fächer gearbeitet hatte, zupfte sie die Klamottenstapel wieder ordentlich und schloss die Türen. Sie sah sich um, überlegte, wo sie als Nächstes nach dem Gegenstand suchen sollte. Irgendetwas sagte Isabella, dass er wichtig war. Vielleicht in der Kommode am Fuße des Bettes?

Sie drehte sich um und zog die oberste Schublade auf, die mit Unterwäsche befüllt war. BHs und Slips lagen farblich fein säuberlich getrennt nebeneinander. Isabella ließ ihre Hand über die Kleidungsstücke fahren – in der Hoffnung, einen harten Gegenstand zu erfühlen. Vergeblich. Auch die unteren Schubfächer hielten nichts Interessantes bereit.

Mit einem frustrierten Schnauben ließ sie von der Kommode ab. Sie hielt sich bereits zu lange in diesem Zimmer auf, und es gab so viele Möglichkeiten, um einen kleinen Gegenstand zu verstecken.

»Eine Stelle noch«, sagte sie sich und kniete sich vor das kleine Nachttischschränkchen, auf dem ein Digitalwecker, eine Stehlampe und ein Buch lagen. Es war eine zerlesene Ausgabe von J. R. R. Tolkiens *Der kleine Hobbit.* Isabella hatte dieses Buch ebenfalls in ihrer Jugend gelesen und geliebt.

Das Schränkchen hatte zwei kleine Schubfächer. Zunächst konzentrierte sie sich auf das obere Fach und fand ein Schmuckkästchen, eine Packung Taschentücher, ein altes Handy, eine Lesebrille und weiteren Krimskrams. Nichts Wichtiges. Ihre Hoffnung schwand dahin. *Und wenn Amelia den Gegenstand noch immer bei sich trägt?*

Sie wollte die Schublade gerade wieder zuschieben, als sie im hinteren Winkel plötzlich etwas Rotes entdeckte. Zunächst dachte sie an ein Taschentuch, aber der Stoff war anders. Ungleich glatter. Neugierig zog sie ihn hervor, sie bemerkte, dass er ungewöhnlich schwer war. Etwas war in den Stoff eingewickelt worden.

Mit schnellen Fingern faltete sie ihn auseinander und erkannte, dass es sich um eine Herrenunterhose handelte. Sie war knallrot. Isabella schluckte schwer, weil sie nun eindeutig zu tief in Amelias Privatleben vorgedrungen war.

Sie faltete das Wäschestück weiter auseinander, und ein kleiner, schmaler Gegenstand purzelte in ihre Hände. Es war ein kleiner gräulicher Plastikstift, der mit einer Kappe versehen war. Als sie diese abzog, erkannte sie einen silbrig glänzenden Stecker. Sie runzelte die Stirn.

Dieser Geruch! Ein blumiger Frühlingsduft drang ihr in die Nase. Sie kannte diesen Geruch. Sie hielt die Unterhose vor ihr Gesicht und schnüffelte vorsichtig daran. Nein, sie hatte sich nicht geirrt. Es war eindeutig der Frühlingsduft aus der Waschküche.

Ein Geräusch ließ sie innehalten. Irgendwo draußen hörte sie eine Tür, und das Echo von Schritten hallte dumpf wider. Vermutlich hatte jemand den Flur betreten. Schnell stopfte sie die Unterhose zurück in die Schublade. Den gefundenen Gegenstand jedoch ließ sie in der Außentasche ihrer Soutane verschwinden.

Mit angehaltenem Atem eilte sie zur Tür, schob sie langsam auf und blickte sich nach links und rechts im Flur um. Sie sah tatsächlich Amelia auf sich zukommen. Die Haushälterin war noch einige Meter entfernt und hatte den Kopf nach hinten gedreht.

Die Schwester nutzte den kurzen Augenblick der Ablenkung, um sich aus dem Zimmer zu stehlen. Gerade hatte sie die Tür beinahe lautlos zugezogen, als Amelia sie entdeckte: »Schwester Isabella. Wollen Sie etwa zu mir?«

Isabellas Herzschlag wollte sich überhaupt nicht mehr beruhigen. Von irgendwoher wühlte sie ein unbekümmertes Lächeln hervor und schenkte es der Haushälterin. »In der Tat«, log sie mit unterdrücktem Keuchen.

Ihre Lungen brannten, und die Gedanken überschlugen sich. Sie entschied sich für die Flucht nach vorn. Sie nahm einen tiefen Atemzug und sah Amelia fest in die Augen. »Ich weiß von Ihnen und Flavio«, sagte sie schließlich.

Amelias Mund öffnete sich, das Lächeln war mit einem Schlag aus ihrem Gesicht verschwunden. Doch Isabella wollte ihr nicht die Zeit für eine Erwiderung lassen.

»Und ich weiß von der päpstlichen Soutane, die Sie heimlich zu entsorgen versucht haben. Vermutlich, weil Sie sie zusammen mit einem roten … Textil gewaschen haben.« Sie hoffte, dass Amelia etwas von all den Geheimnissen lüften würde, die sie umgaben. Würde sie die Herrenunterhose erwähnen und den Sinn dahinter aufklären? Käme auch der darin umwickelte Gegenstand zur Sprache, der sich nun in ihrem Habit befand?

Die Züge der Haushälterin blieben ausdruckslos, ihre Hände ballten sich zu Fäusten. Doch nur eine Sekunde später lösten sie sich wieder.

Seufzend ging Isabella einen Schritt auf die Haushälterin zu und breitete ihre Arme aus. »Meine liebe Amelia«, sagte sie mit sanfter Stimme. »Ich glaube, Sie stecken in Schwierigkeiten. Ich möchte Ihnen helfen.«

Amelia schwieg und blinzelte Isabella nervös an.

»Wie?«, fragte sie schließlich. Mit einem Mal wich sämtliche Anspannung aus ihrem Körper – wie bei einer Marionette, der man die Schnüre kappt. »Wie sollten *Sie* mir helfen können?«

Isabella zögerte mit ihrer Antwort. Sie schob die Hände in die Taschen ihrer Soutane und befühlte den Gegenstand, von dem sie glaubte, dass es sich um einen Datenstick handelte.

»Ich werde ganz bestimmt meine Anstellung verlieren, wenn das mit der verfärbten Soutane herauskommt.« Amelias Tonfall verkam zu einem heiseren Krächzen. »Es war das Lieblingsgewand Seiner Heiligkeit.«

Isabella nickte einfühlsam und ließ Amelia weiterreden.

»Und wenn das mit Flavio ans Licht kommt, dann …« Sie senkte den Kopf. »Dem Privatsekretär wird das ganz bestimmt nicht gefallen. Womöglich verliert Flavio seinen Posten als Korporal. Und ich … Ich weiß auch nicht.«

»Ich bin mir sicher«, sagte Isabella, »dass Demetrio Verständnis dafür zeigen wird. Die Wege des Herrn sind unergründlich.« Sie lächelte die Haushälterin aufmunternd an. »Das gilt gleichermaßen für die Liebe. Und außerdem …«, sie trat noch einen weiteren Schritt auf Amelia zu und umfasste ihre Schultern, »… werde *ich* es nicht sein, der es ihm unter die Nase reibt.« Sie zwinkerte ihr wohlwollend zu, und Amelia rang sich tatsächlich ein Lächeln ab. »Alles, was ich Ihnen im Grunde sagen wollte, ist, dass ich für Sie da sein werde, sollten Sie meine Hilfe benötigen.« Mit diesen Worten wandte Isabella sich von Amelia ab und schritt vielleicht ein wenig zu hastig den Korridor entlang.

Kapitel

13

Isabella staunte Bauklötze über Immacolatas Scharfsinn.

Kaum hatte sie ihr von dem gefundenen Datenstick erzählt, als sie in überschwänglicher Stimmung von der Führung zurückgekommen war, war sie sogleich mit ihr im Schlepptau zum Erzbischof geeilt. Dieser hatte überhaupt kein Problem damit, die beiden Schwestern in sein Büro zu lassen, damit Immacolata eine extrem wichtige, wie sie es nannte, Partitureinstellung an dessen Computer vornehmen konnte. Nachdem Immacolata ihm zweimal bei seinen dringlichen Computerproblemen aus der Patsche geholfen hatte, schien sie sein bedingungsloses Vertrauen gewonnen zu haben.

Und so fanden sich die beiden Schwestern nur wenig später im Büro des Privatsekretärs wieder und starrten gebannt auf den großen Bildschirm. Schwester Immacolata hatte gerade erst den Datenstick in den USB-Port gesteckt und wartete nun darauf, dass er vom Dienstprogramm des Computers erkannt wurde.

Um keine Spuren zu verwischen, waren sie äußerst

vorsichtig vorgegangen und hatten den Stick nur mit einem Taschentuch angefasst.

»Ich will ja nicht undankbar sein.« Sie warf Isabella einen kurzen Blick zu. »Aber ein wenig fahrlässig ist das schon von Demetrio.«

Isabella sah sie fragend an.

»Ich meine, er lässt uns einfach so an seinen Computer, auf dem sich bestimmt jede Menge vertraulicher Daten über den Papst und den Vatikan befinden.« Sie beugte sich nach vorn, tippte den Bildschirm an und zeigte auf ein Symbol. »Außerdem gibt es hier einen Direktzugang zum Vatikanserver. Ich weiß ja nicht, ob er passwortgeschützt ist.«

Isabella winkte ab. »Demetrio wird schon wissen, was er tut.« Derart aufgewühlt, wie sie war, konnte sie sich nicht auch noch Gedanken über die digitalen Sicherheitsvorkehrungen des Vatikans machen.

Schwester Immacolata füllte die Wartezeit, in der ein Programm den Stick auf Viren überprüfte, mit Plauderei: »Du hast übrigens echt was verpasst bei der Führung. Enrico, der blonde Lockenschopf, hat uns nach Beendigung der offiziellen Tour zum Campo Santo Teutonico geführt, dem deutschen Friedhof.« Sie ließ die Hand auf die Maus fallen und öffnete den Stick mit einem Doppelklick. »Solch ein wundervoller Ort der Stille«, sprach sie unbeirrt weiter, während sie einen Ordner nach dem anderen öffnete, die sich auf dem Stick befanden. Sie ordnete die Fenster so auf dem Bildschirm an, dass sie mit einem Blick erfasst werden konnten. »Und so grün. Die reinste Oase. Haushohe Palmen, Orangenbäume, Oleander. Als wäre der Ort vor Jahrhunderten vergessen und von der Pflanzenwelt erobert worden – bis ein fähiger Gärtner daraus einen zauberhaften Flecken geschaffen hat.«

Isabella hörte ihrer Mitschwester nur halbherzig zu. Sie überflog die Namen der Ordner, die ihr allesamt nichts sagten. Es waren männliche Namen, die nicht italienisch klangen. Womöglich spanisch? Oder südamerikanisch? Die Unterordner enthielten Dokumente und E-Mails, die in verschiedenen Sprachen verfasst worden waren. Hauptsächlich Spanisch, aber auch Englisch.

Auf Isabellas Geheiß hin öffnete Immacolata einen Unterordner, der eine Vielzahl von E-Mails enthielt, die allesamt auf Italienisch verfasst worden waren. Der Name des Absenders kam ihr vage bekannt vor. Mit fiebrigem Blick überflog sie den Text, der sich schier endlos nach unten scrollen ließ. Es war ein sehr langer Mailverkehr zwischen einem Jorge da Cunha Goncalves und einem Luis Fernando.

»Der Name«, raunte Schwester Immacolata. »Da Cunha Goncalves … den kenne ich doch. Ist das nicht der Bischof vom Erzbistum in Barcelona? Da stand doch erst neulich etwas über ihn in den Online-Nachrichten des Corriere della Sera.« Sie schnappte nach Luft. »Wegen eines Korruptionsverdachts, der ihm aber nicht nachgewiesen werden konnte.«

Isabella lauschte den Worten ihrer Mitschwester, und auch sie brachte den Namen genau damit in Verbindung. Sie riss Immacolata die Maus aus der Hand und scrollte nun selbst, um schneller lesen zu können.

»Nun«, sagte sie nach einer Weile. »Ich glaube, dass wir den Beweis gerade vor Augen haben.«

Sie schloss den Unterordner und sah sich die anderen Dateien auf dem Stick an. Hauptsächlich waren es E-Mails, doch er enthielt auch eingescannte Dokumente und eine Menge Bankauszüge mit Summen, von denen ihr schwindelig wurde.

»Weißt du, was das ist?« Sie warf Immacolata einen sorgenvollen Blick zu.

»Nein«, sagte Immacolata entschieden. »Und ich glaube, es wäre das Beste, wenn wir beide ganz schnell vergessen würden, was wir da gesehen haben.«

Das ungute Gefühl teilte sie mit ihrer Mitschwester. Die Daten waren äußerst brisant und konnten ganz bestimmt Bischöfe und Kardinäle zu Fall bringen. Sie sah Immacolata eindringlich an. »Das sind interne Dokumente, die Fälle von Korruption aufdecken.«

Sie erinnerte sich an das Gespräch mit dem Erzbischof, in dem er ihr von der neu gegründeten Korruptionsabteilung des Generalrevisors erzählt hatte. Ein Gefühl sagte ihr, dass diese Daten das Ergebnis der jüngst durchgeführten Prüfungen waren. Und wenn diese an die Öffentlichkeit kämen, dürfte der Vatikan sich auf einen weiteren großen Medienskandal gefasst machen.

»Weißt du, was das bedeutet?« Ohne Immacolatas Antwort abzuwarten, sprach sie weiter: »Amelia ist der Spitzel, der all die Infos an die Klatschpresse weitergibt.«

»Das meinst du nicht ernst!« Immacolata drückte sich die Hand auf den Mund. »Doch nicht Amelia!«

»Es kann nur so sein! Warum sonst sollte sie ihn besitzen und in ihrer Schublade versteckt halten?« Doch dann hielt sie inne. Wie passte ihre Theorie damit zusammen, dass sie den Stick Flavio übergeben wollte? Schwerfällig ließ sie sich in den Bürostuhl fallen und versuchte, ihre wilden Gedanken zu ordnen.

»Was sollen wir nun tun?«, fragte Immacolata leise neben ihr.

»Wir müssen Demetrio davon erzählen. Er muss von Amelia erfahren.«

Immacolata wirkte skeptisch. »Das ist eine schwerwiegende Anschuldigung, Isabella. Du solltest dir da wirklich sicher mit deiner Vermutung sein.«

Isabella schloss die Augen und horchte tief in sich hinein. Sie hatte gesehen, wie Amelia den Stick Flavio zustecken wollte, dieser ihn aber entrüstet abgelehnt hatte. Sie fand ihn schließlich versteckt in einer Herrenunterhose in der hintersten Ecke ihres Nachttischschränkchens. Nun wusste sie um die Daten, die der Stick enthielt. Und dann war da noch Vittorias plötzlicher Tod – mit einem Fetzen der verfärbten Papstsoutane in der Hand.

Sie riss die Augen auf, als ihr plötzlich ein Detail des Gesprächs in den Sinn kam, das sie hinter dem Gebüsch im Arkadengang belauscht hatte. Es ging überhaupt nicht darum, dass Vittoria deren Verhältnis aufgedeckt hatte. Sie richtete sich im Stuhl auf.

»Alles in Ordnung, Isabella?« Immacolata sah sie alarmiert an, doch Isabella antwortete ihr nicht.

Was, wenn von Anfang an der Verdacht im Raum gestanden hatte, Vittoria könnte hinter Amelias Spitzel-Machenschaften gekommen sein? Doch welche Rolle spielte Flavio? Deckte er womöglich seine Geliebte? So oder so sprach alles für Amelia als möglichen Spitzel. Konnte es eine eindeutigere Spur geben, die auf den Maulwurf hindeutete?

Nein, entschied Isabella und warf Schwester Immacolata einen eindringlichen Blick zu. Und nun hatte sie auch endlich ein Motiv, das einen Mord rechtfertigte.

»Du hast recht!« Ruckartig wandte sie sich ihrer Mitschwester zu. »Bei solch einer Anschuldigung sollten wir uns ganz sicher sein. Wir müssen Amelia zur Rede stellen und sie mit dem konfrontieren, was wir herausgefunden haben. Vielleicht können wir an ihr Gewissen appellieren, dass sie sich der vatikanischen Polizei stellt.«

Isabella sog scharf die Luft ein. »Vielleicht lässt sich so das Schlimmste verhindern, und sie kommt mit einem blauen Auge davon.« Doch dann dachte sie an die tote Vittoria und sah schwarz für die Zukunft der Haushälterin. Hier ging es nicht mehr um einen möglichen Freispruch, sondern nur noch um Schadensbegrenzung. Möge Gott sich ihrer annehmen.

Kapitel

14

Isabella hatte alle Hände voll damit zu tun, Schwester Immacolata davon abzuhalten, sie zu begleiten. Immerhin war sie eine betagte Frau, die sie keinem unnötigen Risiko aussetzen wollte. Auch befürchtete Isabella, dass Amelia sich bedrängt fühlen könnte, wenn sie sich zwei Ordensschwestern im Kreuzverhör ausgesetzt sah.

Und so stand sie allein vor Amelias Zimmertür und klopfte gegen das Holz. Doch diesmal hörte sie sogleich Schritte, und nur einen Moment später öffnete sich die Tür.

»Schwester Isabella«, entfuhr es Amelia mit einer Mischung aus Verwirrung und Neugierde. »Sie schon wieder?«

Anscheinend kam Amelia gerade aus der Dusche. Sie trug einen Bademantel und kämmte sich die nassen Strähnen.

»Entschuldigen Sie die Störung«, sagte Isabella. »Aber es ist wirklich wichtig. Ich muss Sie dringend sprechen. Unter vier Augen.«

Die Haushälterin zögerte kurz, trat dann aber zur Seite, um sie hereinzulassen. »Bitte sehr.«

Isabella folgte der Einladung und blieb mit gefalteten Händen unschlüssig vor dem Bett stehen. Sofort überkam sie wieder das schlechte Gewissen, weil sie in die Privatsphäre von Amelia eingedrungen war. Womöglich heiligte der Zweck die Mittel, aber es fühlte sich dadurch trotzdem nicht richtig an.

»Was gibt es denn so Dringendes?«, wollte Amelia wissen. Sie hatte sich gegen die Schreibtischkante gelehnt und zog wieder und wieder den Kamm durch das nasse Haar. Sie beobachtete die Schwester mit aufrichtiger Neugierde – zumindest kam es Isabella so vor.

Diese seufzte leise und hob das Kinn, um der Haushälterin tapfer entgegenzublicken. »Ich war nicht ganz aufrichtig zu Ihnen, als wir uns eben begegnet sind.«

Die Haushälterin neigte ihren Kopf und sah Isabella verwirrt an.

»Ich wollte nicht zu Ihnen«, erklärte Isabella langsam. »Ich *war* bei Ihnen.«

»Wie bitte? Ich verstehe nicht.« Amelia lächelte unsicher.

Isabella zog die Schultern nach hinten und rückte mit der Sprache heraus: »Ich wollte Sie auf die entsorgte Papstsoutane ansprechen und war deshalb vor Ihrem Zimmer. Ich habe angeklopft, aber niemand war da.« Sie seufzte. »Und dann habe ich festgestellt, dass die Tür … nicht verschlossen war.«

Amelias Augen weiteten sich vor Entsetzen. Zeitgleich fasste sie sich an den Hals. »Sie waren in meinem Zimmer?«

Isabella nickte tapfer und schob ihre Hand in die Außentasche des Habits. »Si. Und ich habe *das* hier gefunden.«

Amelia musterte den mit durchsichtiger Folie umwickelten USB-Stick in Isabellas Hand wie eine Maus ein übergroßes Stück Käse.

»Ich nehme an, Sie wissen, was das ist?«

Sie erhielt keine Antwort auf ihre Frage. Dafür sprach das Gesicht der Haushälterin Bände.

»Ich weiß um den Inhalt, Amelia. Und ich weiß, dass er Ihnen gehört.« Sie legte ganz viel Sanftmut in ihre Stimme, um Amelia zu verstehen zu geben, dass sie trotz der bedrohlichen Lage nicht ihr Feind war.

Amelia ließ den USB-Stick nicht aus den Augen. Isabella rechnete jeden Moment damit, dass die Haushälterin versuchen könnte, ihn ihr aus den Händen zu reißen, doch diese Reaktion hatten sie und Immacolata bereits vorausgesehen und deshalb die darauf befindlichen Daten auf den Desktop von Demetrios Rechner kopiert.

Selbst wenn Amelia entgegen Isabellas Glauben versuchen sollte, sie zu überwältigen und ihr den Datenstick zu entreißen, gab es somit eine Sicherungskopie. Aber so weit würde es nicht kommen, dessen war sich die Schwester sicher. Isabella glaubte an Amelias gute Seite.

Irgendetwas musste sie dazu bewogen haben, diesen Pfad einzuschlagen. Im Grunde ihres Herzens, das spürte Isabella einfach, war Amelia ein liebevoller Mensch, der niemandem etwas Böses wollte. *Ich hoffe, ich täusche mich nicht.*

In diesem Moment wurde der Schwester klar, dass sie drauf und dran war, sich einer großen Gefahr auszusetzen. Doch nun gab es kein Zurück mehr. Unwillkürlich musste sie schmunzeln, da ihr just in dieser Sekunde die Worte ihrer Großmutter in den Sinn schossen: *Deine Neugierde wird dir irgendwann noch zum Verhängnis werden.*

»Sie waren in meinem Zimmer«, wiederholte die Haushälterin in ungläubigem Tonfall. Noch klang sie nicht wütend, aber Isabella hoffte darauf, dass dies so blieb. »Sie haben in meinen Sachen herumgewühlt?«

Isabella verzog die Lippen. Es war ihr wirklich unangenehm. »Das ist leider wahr, Amelia, und ich bin wirklich nicht stolz darauf.«

Sie machte einen kleinen Schritt auf die Frau zu, die jedoch zurückwich. Also blieb auch sie stehen. »Ich weiß auch von der Herrenunterhose, Amelia. Sie wird der Grund für die verfärbte Soutane sein. Hab ich recht?«

Amelias Gesichtszüge entgleisten zusehends. Ihr Mund öffnete sich, doch es folgte kein Wort.

»Verraten Sie mir, was es damit auf sich hat?«

Amelias Blick richtete sich auf das neben dem Bett stehende Nachttischschränkchen. »Die Unterhose«, raunte sie schließlich. »Sie haben die Unterhose gesehen.« Sie formulierte es nicht als Frage, sondern als Feststellung. »Der Datenstick war dort drinnen versteckt.«

Isabella bedachte sie mit einem einfühlsamen Augenaufschlag. »Sie haben sie versehentlich mit der Soutane des Papstes gewaschen, die sich daraufhin verfärbt hat. Ein unglückliches Malheur, das sie zu vertuschen versuchten. Und deshalb haben Sie die Soutane entsorgt.«

Lastende Stille breitete sich im Zimmer aus.

»War die Herrenunterhose ein Geschenk?«, fragte Isabella schließlich. »An ihren Geliebten? Flavio?«

Amelias Blick wirkte mit einem Mal fieberhaft. Unberechenbar.

»Amelia, in was sind Sie da nur hineingeschlittert?« Noch einmal setzte sie einen Fuß nach vorn. Sie streckte ihre Hand aus und berührte Amelias Schulter.

Isabella wusste nicht, ob die Berührung schuld an Amelias anschließender Reaktion war oder der Zeitpunkt einfach gekommen war. Die Haushälterin verbarg ihr Gesicht hinter ihren Händen und begann zu weinen.

Isabella trat näher an Amelia heran und bot ihr die Schulter an. Sie ließ ihr die Zeit, die sie brauchte, um sich zu beruhigen.

»Es stimmt«, sagte sie schließlich mit tränenerstickter Stimme. »Die Unterhose sollte ein Geschenk für Flavio sein. Sie wissen doch, dass rote Unterwäsche Glück und Wohlstand bedeuten soll. Ich wollte darin das eigentliche Geschenk verpacken. Einen Gutschein für eine Silvesternacht in Paris in einem noblen Hotel, für das ich lange gespart habe.«

»Die Stadt der Liebe«, raunte Isabella. Sie kannte den Brauch, rote Unterwäsche an Silvester zu tragen, hatte sich selbst aber nie etwas aus dieser abergläubischen Sitte gemacht.

»Zunächst hatte ich überhaupt keine Idee, wie sie in die Wäschetrommel geraten ist.« Sie schluchzte erneut. »Ausgerechnet mit der Lieblingssoutane Seiner Heiligkeit.«

»Vittoria hatte diesen Fauxpas bemerkt«, vermutete Isabella und erinnerte sich an den Stofffetzen. Amelia befreite sich aus ihrer Umarmung und ließ sich von Isabella ein Taschentuch reichen.

»Nein«, sagte sie entschieden. »Ich glaube, dass sie es war, die die Unterhose heimlich in die Wäsche getan hat. Um mich in Misskredit zu bringen!«

»Wie kommen Sie darauf?«

Amelia schnaubte. »Weil sie in meinen Tüten herumgewühlt hat, als ich vom Einkaufen wiederkam. Sie muss die Unterhose entdeckt und an sich genommen haben.«

»Wusste Vittoria von ihrem Verhältnis mit dem Korporal?«

Amelia nickte kraftlos und schob sich eine nasse Strähne aus dem Gesicht. »Sie hat es mir immer wieder vorgeworfen und damit gedroht, mich bei Demetrio zu verpetzen.«

»Aber sie hat es nicht getan?«

»Nein.« Sie schüttelte kaum merklich den Kopf. »Es blieb bei den Drohungen. Aber dann, an diesem einen Morgen, stand sie in der Waschküche hinter mir und riss mir lachend das verfärbte Gewand aus den Händen. Als ich die Unterhose entdeckte, war mir sofort klar, was passiert sein musste.« Amelia holte tief Luft. »Wir kriegten uns in die Haare und wurden sogar handgreiflich. Dabei habe ich sie geschubst. Sie ist hart zu Boden gestürzt und hat geschimpft wie ein Rohrspatz.«

Isabella sah sie mit großen Augen an. »Sie ist gestürzt und hat Sie beleidigt?«

Amelia schien sofort zu verstehen, worauf die Schwester hinauswollte. »Ich habe Vittoria nicht getötet! Als ich die Waschküche verlassen habe, war sie noch quicklebendig. Das müssen Sie mir glauben!«

Isabella wusste überhaupt nicht mehr, was sie glauben sollte. Das Herz sagte ihr, dass Amelia die Wahrheit sprach. Zumindest wäre mit der Rangelei der Stofffetzen in Vittorias Hand erklärt. Doch wie war die junge Frau dann zu Tode gekommen?

»Vittoria hatte mir in der Waschküche damit gedroht, die Sache mit Flavio und mir endgültig Demetrio offenzulegen. Das hätte mich die Anstellung im Dimora Santa Maria und Flavio ganz bestimmt den Rang als Korporal gekostet.« Wütend presste sie die Worte hervor.

»Die Bekanntmachung ihrer Affäre hätte also kein gutes Licht auf sie geworfen, weil Liebe unter dem Personal nicht gerne gesehen wurde«, mutmaßte Isabella.

Amelia lächelte boshaft. »Wir befinden uns immer

noch im Vatikan, Schwester. Hier ticken die Uhren ein wenig langsamer als im Rest von Italien.«

Isabella nickte duldsam. »Sie und Vittoria hatten nie ein gutes Verhältnis zueinander.«

»Das hatte niemand zu ihr.« Sie hob beschwichtigend die Arme und bekreuzigte sich. »Ich weiß, man soll nicht schlecht über Verstorbene reden, doch Vittoria war für ihre konservativen Ansichten bekannt.«

Isabella dachte lange über die Worte der Haushälterin nach und hätte dabei beinahe den eigentlichen Grund ihres Besuchs vergessen. »Der Datenstick. Was hatten Sie damit vor?«

Die Verwirrung stand Amelia ins Gesicht geschrieben, und es brauchte eine Sekunde, bis sie verstand. »Gar nichts. Der ist nicht von mir«, sagte sie sofort.

Isabella schüttelte den Kopf. »Das ist eine Lüge. Ich habe Sie gesehen. Sie wollten ihn Flavio überreichen.«

Ein harter Ruck durchfuhr Amelia. Der Blick, mit dem sie Isabella bedachte, drückte eine Mischung aus Wut und Ehrfurcht aus. Ganz bestimmt fragte sie sich, woher Isabella das wusste. Wenn dem so war, behielt sie die Frage für sich. »Nein«, fuhr sie vehement auf. »Ich wollte ihn an Flavio zurückgeben. Er gehört ihm. Den Stick hatte er mir vor Kurzem gegeben, weil ich auf ihn aufpassen sollte.«

Isabella sah sie lange an. »Warum?«

Ihre Schultern zuckten auf. »Das weiß ich nicht«, gestand Amelia. »Er hat es mir nicht erklärt und ist jeder meiner Fragen ausgewichen.« Dann zögerte sie, als müsste sie über ihre eigenen Worte nachdenken. »Sagen Sie, Schwester, was ist denn da drauf?«

Isabella betrachtete sie eindringlich. »Sie wissen es wirklich nicht?«

Amelias Blick huschte von links nach rechts, dann

drehte sie sich nach allen Seiten um. »Sehen Sie hier irgendwo einen Computer? Ich besitze nicht mal ein Tablet.« Sie zeigte auf die an der Wand hängenden Regale. »Bücher sind meine Welt.«

Isabella wusste nicht, ob sie den Worten der Haushälterin Glauben schenken sollte. Doch wenn dem so war, dann war sie tatsächlich auf der falschen Spur. »Warum sollte Flavio Ihnen einen Datenstick überreichen?«, hakte sie nach.

Amelia schien über diese Frage nachzudenken. »Weil er sagte, dass er brisante Daten enthalte und die bei ihm nicht sicher seien.«

Und ob die Daten brisant sind. Aus welchem Grund auch immer, sie glaubte Amelia. Diese Frau war kein Mensch, der Geheimnisse an die Klatschpresse verkaufen oder gar einen anderen Menschen umbringen würde. »Amelia, ich befürchte, Ihnen mitteilen zu müssen, dass Ihre große Liebe der gesuchte Maulwurf ist.«

Amelia starrte sie an. Erst ungläubig, dann hilflos. Mehr und mehr verzogen sich ihre Züge zu einer traurigen Grimasse, bis sich ihre Augen schließlich wieder mit Tränen füllten. »Ich hatte es geahnt«, sagte sie leise. »Aber ich wollte es nicht wahrhaben. Dabei war alles so offensichtlich. Flavio ist ein absoluter Computerfachmann und der persönliche Problemhelfer von Demetrio. Er hatte Zugang zu allen brisanten Daten, die sich auf Demetrios Rechner befanden.«

»Mehr noch.« Isabella erinnerte sich an Schwester Immacolatas Worte. »Der Rechner ist mit dem Vatikanserver verbunden. Das heißt, mit entsprechendem Geschick hätte er wirklich Zugang zu allen erdenklichen Daten.«

Amelia schluchzte. »Wie konnte ich nur so dumm sein? Der Datenstick. Ich weiß, warum er ihn mir zugesteckt hat.«

Isabella setzte sich neben sie und hörte aufmerksam zu.

»Es kursiert das Gerücht, dass die Vatikanpolizei in Kürze eine Durchsuchung bei allen Angestellten vornehmen wolle, die direkten Zugang zu den Computern haben. Damit bestand also auch die Gefahr, dass Flavios Stube inspiziert werden würde.«

»Also musste er den Stick beiseiteschaffen.« Isabella war mehr und mehr von Amelias Unschuld überzeugt. »Und deshalb hat er ihn Ihnen ausgehändigt, ohne Ihnen zu sagen, was sich darauf befindet. Er wusste, dass Sie mit Computern nichts am Hut haben und ihn sich niemals anschauen würden.«

»Weil ich ihm vertraut habe!« Amelia schrie die Worte geradezu. »Dabei wusste ich sogleich, dass etwas damit nicht stimmte. Deshalb wollte ich ihn ja zurückgeben. Doch Flavio kann sehr … überzeugend sein.«

»Er hat Sie um den Finger gewickelt. Sie waren blind vor Liebe.«

Amelia drehte ihren Kopf zu Isabella. »Ich habe eine ganz schlimme Befürchtung, Isabella.« Mit einem Mal begann die Haushälterin am ganzen Leib zu zittern.

Isabella umfasste ihre Hände, um sie zu beruhigen. »Welche?«, fragte sie und versuchte, ihre Neugierde im Zaum zu halten.

»Vittoria«, erwiderte Amelia nur. »Ich fürchte, er hat Vittoria umgebracht.«

Isabella spannte sich an. »Was veranlasst Sie zu dieser Annahme?«

»Ich glaube, dass Vittoria ihn dabei beobachtet hat, wie er sich ungefragt an Demetrios Computer zu schaffen gemacht hat. Am Tag vor ihrem Ableben hat sie eine Andeutung in dieser Richtung gemacht.«

»Ihr Streit, als Sie in unserer Gästewohnung waren«,

fuhr es mit dem Schrecken der Erkenntnis aus Isabella heraus. »Die Sache mit den Handtüchern. Vittorias spitze Bemerkung über einen Freund, der in Dingen herumschnüffelt, die ihn nichts angehen …«

Amelia schwieg gedankenvoll. Für Isabella hingegen setzten sich allmählich die einzelnen Puzzleteile zu einem logischen Bild zusammen. Neulich, als sie Amelia und Flavio heimlich beobachtet hatte, hatte diese versucht, den Gardisten zur Rede zu stellen. *Der Streit …*

Natürlich hatte Flavio alles abgestritten und seine Unschuld beteuert. Und Amelia hatte ihm geglaubt, weil sie dem jungen Mann mit Haut und Haaren verfallen war. Dieser wiederum nutzte ihre Gutgläubigkeit aus – wohl wissend, dass er sie in große Schwierigkeiten brachte, wenn man den Datenstick bei ihr finden würde – wie es nun auch der Fall war.

Sie drückte fest Amelias Hand und erhob sich. »Kommen Sie, Liebes. Ich befürchte, uns beiden steht eine unliebsame Unterhaltung mit Demetrio bevor.«

Die ganze Zeit hatte sie sich gefragt, wer Interesse an Vittorias Tod haben könnte. Erschreckenderweise fand sich darauf nur noch eine einzige schlüssige Antwort.

Kapitel

15

Amelia umfasste Isabellas Hand und stand mit ihr auf. »Das wird wohl das Beste sein.« Sie warf einen kurzen Blick an sich herab. »Ich werde mir nur noch schnell etwas anziehen. Ich muss dem Privatsekretär Seiner Heiligkeit ja nicht im Bademantel gegenübertreten.«

Isabella lächelte einfühlsam. »Nein, das müssen Sie fürwahr nicht.«

Die Haushälterin drehte sich um und wollte sich ins Badezimmer begeben, als es lautstark an der Tür hämmerte. »Aufmachen! Vatikanpolizei! Öffnen Sie die Tür!«

Die beiden warfen sich einen zugleich irritierten und sorgenvollen Blick zu. Isabella zögerte nur eine Sekunde und machte sich auf den Weg zur Tür, um sie zu öffnen. Vor ihr standen zwei Männer in dunkelblauen Uniformen. Einen davon kannte sie bereits von ihrer Begegnung in der Waschküche, aber sie hatte seinen Namen vergessen. Zwischen den beiden stand ein groß gewachsener Mann in blau-gelb-roter Uniform mit einem Barett auf dem Kopf. Flavio. Der Korporal der Schweizer Garde.

»Sie sind nicht Signora Amelia Muratori!«, blaffte sie der vordere Polizist an. Mit gerunzelter Stirn betrachtete er sie eingehend. »Wir kennen uns doch«, sagte er nicht mehr ganz so feindselig.

Isabella wollte seinem Gedächtnis gerade auf die Sprünge helfen, als die Arme des anderen Polizisten nach vorn schossen und er sich ruppig an ihr vorbeidrängte. »Ist sie das?«, schrie er in Amelias Richtung und zeigte direkt auf sie. »Der Spitzel?«

Amelia zuckte zusammen, als hätte man ihr eine Ohrfeige verpasst.

Nun presste sich auch der andere Polizist an Isabella vorbei, die überhaupt nicht wusste, wie ihr geschah. »Was soll dieser Auftritt?«, fauchte sie den Mann an.

Zu ihrer Überraschung drehte er sich tatsächlich wieder zu ihr um und gab ihr eine Antwort. »Wir haben soeben einen Hinweis erhalten. Dass hier, in diesem Zimmer, interne Daten des Vatikans versteckt sind.«

Isabellas Blick ging zum Korporal, der noch immer im Türrahmen stand und interessiert die Puffärmel seiner Uniform musterte. *Warum ausgerechnet jetzt,* fragte Isabella sich.

Und als hätte Flavio ihren Gedanken aufgefangen, hörte sie ihn sagen: »Ich habe gerade ihre ältere Mitschwester getroffen. Sie kam aus dem Büro des Privatsekretärs und wirkte äußerst aufgebracht. Sie hat mir von einer unfassbaren Entdeckung erzählt und dass sie nun wohl lieber die Polizei kontaktieren sollte.« Er seufzte leidvoll. »Das habe ich natürlich nur zu gerne für sie übernommen.«

»Immacolata!«, stieß Isabella kraftlos hervor. »Geht es ihr gut?« Flavio hob mit einem unschuldigen Blick die Hände. »Schwester, was denken Sie?«

Nun fand auch Amelia endlich ihre Sprache wieder:

»Flavio. Was soll das? Was wollen diese Männer von mir?«

»Signora, ich muss Sie bitten, zur Seite zu treten, damit wir mit unserer Durchsuchung beginnen können.« Der jüngere der beiden Polizisten baute sich bedrohlich vor ihr auf, was Amelia zurückweichen ließ.

»Aber … dazu haben Sie kein Recht!«

Erst da bemerkte Isabella das Papier in der Hand des Polizisten, den sie aus der Waschküche kannte. »Wir haben jedes Recht dazu«, entgegnete er sachlich, während er das Papierstück in seiner Hand auseinanderfaltete und es Amelia überreichte. »Ein Durchsuchungsbefehl.«

Amelias Blick flatterte unwirsch über den Schrieb, dann quiekte sie erschrocken auf, als der andere Polizist die Matratze vom Bettgestell riss und sie abtastete. Im Nu stellten die beiden Männer das kleine Zimmer auf den Kopf. Sie ließen keine Schublade und keinen Schrank unberührt.

»Flavio!« Amelias Stimme hatte einen flehenden Tonfall angenommen. »Bitte sag Ihnen, dass Sie sich irren.«

Der Korporal stand noch immer im Türrahmen und betrachtete die gesamte Szenerie mit einem undeutbaren Blick. Erst als Amelia ihn direkt ansprach, senkte er den Kopf und trat einen Schritt in das Zimmer. Dann sah er Amelia hart an. »Leugnen ist zwecklos«, sagte er sachlich und ruhig. »Es gibt zu viele Beweise gegen Sie, Signorina Muratori.«

»Beweise? Was soll das?«

»Was suchen Sie denn konkret?« Isabella wandte sich dem älteren Polizisten zu.

Dieser ließ von der Schreibtischschublade ab und sah sie vor Anstrengung schnaubend an. »Laut unseren Informationen soll sich hier ein Speicherstick befinden, der Daten enthält, zu denen man sich unrechtmäßigen Zugang verschafft hat.« Er fuhr sich über die schweißbenetzte Stirn. »Daten, die wohl an die Presse übermittelt werden sollten.«

»Ein Speicherstick«, wiederholte Isabella und betrachtete dabei abwechselnd Amelia und Flavio.

»Leugne es nicht«, mahnte Flavio die Haushälterin. »Händige ihn aus, bevor es noch schlimmer wird.«

Vor Verzweiflung rannen Tränen über Amelias gerötete Wangen.

»Was redest du da nur?«

Isabella hatte genug gehört und trat entschieden zwischen die beiden. »Meinen Sie *diesen* Stick?«, fragte sie Flavio in herausforderndem Ton und steckte ihre Hand in ihr Gewand, um den Stick zum Vorschein zu bringen. Die beiden Polizisten hielten sogleich in ihren Bewegungen inne und starrten die Schwester an.

»Ist er das?«, wollte der Polizist vom Korporal wissen. Dieser schwieg jedoch und schaffte es nicht, seinen Blick von dem Stick in Isabellas Hand zu nehmen.

»Haben Sie wirklich geglaubt, Sie kommen damit durch?«, fragte Isabella. Sie war ganze zwei Köpfe kleiner als der Schweizer Gardist. Dennoch baute sie sich vor ihm auf.

»Das ist ein abgekartetes Spiel«, erwiderte der Korporal stockend. »Die beiden Frauen stecken unter einer Decke.«

Amelia schrie wütend auf. »Wie kannst du es wagen!«

»Machen Sie sich nicht lächerlich«, erwiderte Isabella ruhig. Sie wandte sich von ihm ab und sah die Polizisten fest an. »Meine Herren, ich möchte eine Zeugenaussage machen. Dieser Mann hat der Haushälterin diesen Stick untergejubelt. Er wollte ihn sicherheitshalber verstecken, damit man ihm nicht auf die Spur kommen würde, falls eine Durchsuchung stattfindet.« Sie sah Flavio tief in die Augen. »Wie es nun der Fall ist.«

Der Korporal begehrte lautstark auf: »Das ist eine Lüge. Ich habe diesen Datenstick noch nie zuvor gesehen.«

»So?«, fragte Isabella herausfordernd. »Dann können sich also auch keine Fingerabdrücke von Ihnen darauf befinden?«

Nun hatte sie ihn in der Hand. Immerhin hatte sie mit eigenen Augen gesehen, wie er den Stick aus Amelias Händen genommen und ihn hin und her gedreht hatte, ehe er ihn der Haushälterin zurückgegeben hatte. Die Wahrscheinlichkeit, dass sich noch immer ein brauchbarer Fingerabdruck von ihm auf der glatten Oberfläche des Sticks befand, war hoch. Sehr hoch. Und genau das wusste der Korporal selbst am besten.

»Ich möchte auch eine Zeugenaussage machen.« Amelia trat mit kleinen Schritten an Isabellas Seite, schien aber nicht die Kraft zu haben, Flavio in die Augen zu schauen. »Kurz vor Vittorias Tod habe ich sie in der Waschküche getroffen. Wir hatten einen Streit, und sie hat mir auf den Kopf zugesagt, dass sie Flavios Geheimnis kennt. Zunächst dachte ich, dass …« Sie hielt kurz inne und sah Isabella an, die ihr Mut machend zunickte. »Sie nannte Flavio einen Maulwurf. Erst verstand ich nicht. Nach dem Streit bin ich aus der Waschküche geflüchtet und habe oben Flavio getroffen und ihm von der Auseinandersetzung erzählt. Und unmittelbar darauf …« Wieder stockte sie. Sie nahm das Taschentuch zur Hand, das Isabella ihr eben erst überreicht hatte. »Kurz darauf war Vittoria tot.« Nun drehte sie ihren Kopf in Flavios Richtung und sah ihn entschlossen an. »Du hast sie umgebracht«, sagte sie leise. »Du hast sie wirklich umgebracht.«

Flavio schwieg.

Isabella ließ den Gardisten nicht aus den Augen. In seinem Gesicht arbeitete es. Die Kiefermuskeln zuckten unkontrolliert auf.

»Ist das wahr?«, fragte der ältere Polizist mit harter, befehlsgewohnter Stimme.

Flavio senkte den Kopf, doch Isabella trat einen Schritt auf ihn zu, sodass er gezwungen war, sie anzusehen: »Sie sind der Spitzel, der Zugang zum Computer des Privatsekretärs hatte. Doch Vittoria ist Ihnen auf die Schliche gekommen. Sie hat sich gegenüber Amelia verplappert und sie als Maulwurf tituliert. Da war Ihnen klar, dass sich die Schlinge um sie zuzog, und deshalb musste Vittoria sterben. Sie wollten von Anfang an alles Amelia in die Schuhe schieben. Deshalb der USB-Stick. Damit ist Ihre Falle zugeschnappt. Dumm nur, dass ich zufällig zur rechten Zeit am rechten Ort war.«

Für einen kurzen Moment sah es so aus, als wollte sich der Gardist auf sie stürzen, doch sofort traten die beiden Polizisten dazwischen.

»Ich befürchte, ich werde Sie zu weiteren Untersuchungen mit ins Revier nehmen müssen, Korporal.« Während er sprach, wanderte seine Hand zum Waffenholster, das an seinem Gürtel befestigt war. Der andere Polizist löste derweil die Handschellen von seinem Gürtel.

»Wie konntest du nur?«, schrie Amelia den Mann an, den sie so sehr liebte. »Du hast nicht nur mich betrogen! Du hast für dein ganzes Leben Treue und Loyalität gegenüber dem Papst geschworen.«

Mit militärischer Steifheit rückte Flavio sein Barett zurecht, strich seine Uniform glatt und blickte entschlossen nach vorn, ohne jemanden von ihnen anzusehen. Doch dann ging sein Kopf zur Seite, und er betrachtete

Amelia. Ein beinahe geflüstertes »Es tut mir leid« kam über seine Lippen. Dann senkte er den Kopf und streckte die Hände aus, um dem Polizisten das Anlegen der Handschellen zu erleichtern.

Kapitel 16

»Meine verehrten Schwestern, es ist mir zugleich eine Freude und eine außerordentliche Ehre, Sie erneut willkommen heißen zu dürfen.«

Weder Isabella noch Immacolata konnten ihr Glück fassen, noch einmal zu einer persönlichen Audienz geladen worden zu sein. Sie saßen vor einem wuchtigen Schreibtisch im Amtszimmer des Papstes, das sich entgegen ihrer letzten Audienzstätte in einem ziemlichen Durcheinander befand.

Die vielen Regale an den Wänden waren mit unzähligen Büchern in verschiedenen Sprachen überfüllt. Auf dem riesigen Schreibtisch stapelten sich Akten und Briefe – manche davon sogar mit richtigen Wachssiegeln. Die dahinterliegende breite Fensterfront bot einen fesselnden Ausblick auf den mit Menschen überfluteten Petersplatz.

Isabella begriff, dass dies hier der richtige Arbeitsplatz des Papstes war. Genau hinter diesem Schreibtisch erledigte er seine Geschäfte. Sie saßen in dem wohl bedeutendsten Zimmer der katholischen Kirche. Dennoch konnte sie sich ein amüsiertes Grinsen nicht verkneifen, als sie im Rücken des Papstes, mitten auf der Fensterbank, die Mazza-Keramik von Papst Paul erblickte.

Privatsekretär Demetrio war ebenfalls zugegen und stand, die Hände hinter dem Rücken, neben dem Schreibtisch. Er blickte auf die beiden Schwestern mit einem gütigen Lächeln herab. Isabella erwiderte das Lächeln. Immerhin wusste sie ganz genau, wem sie diesen erneuten Empfang zu verdanken hatte.

Das Kirchenoberhaupt richtete sein Wort direkt an Isabella und grinste schelmisch: »Sie haben der Kirche einen außerordentlichen Dienst erwiesen. Wieder einmal. Nur Ihnen ist es zu verdanken, dass keine weiteren brisanten Daten den Weg in die Öffentlichkeit gefunden haben. Schlimm genug, dass es diese Korruption überhaupt gibt.« Das weiße Gewand raschelte, als er die Arme hob. »Seien Sie versichert, dass wir alles in unserer Macht Stehende tun werden, diesem Verbrechen ein für alle Mal ein Ende zu setzen. Niemand soll sich mehr während meiner Amtszeit an Kirchengeldern bereichern und ungestraft davonkommen.« Isabella war überrascht über die plötzliche Härte in seiner Stimme, doch im nächsten Augenblick hatte er sein Lächeln wiedergefunden und atmete erleichtert auf. »Nicht auszudenken, wenn auch dieser Skandal in die falschen Hände geraten wäre und wir erneut weltweit die Seiten der Klatschpresse füllen würden.« Er zupfte die Ärmel seines Gewands zurecht und legte die Handflächen schließlich auf den Tisch. Seine Augen leuchteten erwartungsvoll. »Lassen Sie mich Ihnen danken, Schwester Isabella und Schwester Immacolata. Für Ihren tapferen und unermüdlichen Einsatz im Namen der Kirche. Wenn es irgendetwas gibt, womit ich Ihnen helfen kann …« Er sah sie abwechselnd auffordernd an.

»Nun, Eure Heiligkeit, da gibt es in der Tat etwas, womit Sie, also die Kirche uns behilflich sein könnte …«

Der Papst kam ihr schmunzelnd zuvor: »Das kleine Convent in Santa Caterina.« Er fügte erklärend hinzu: »Demetrio hat mir alles erzählt.« Die Züge des Kirchenoberhauptes wurden ernster. »Es ist eine schwere Anschuldigung, die da auf Ihrem Konvent lastet, Äbtissin.«

Isabella spürte, wie die Hitze in ihre Wangen schoss, und ihr wurde noch heißer, als der Papst langsam den Kopf schüttelte. »Das können wir unmöglich einfach so hinnehmen.« Isabella schloss die Augen. Sie befürchtete das Schlimmste. »Aber vielleicht hat Demetrio eine Möglichkeit gefunden, wie sich die voreilig beschlossene Schließung doch noch … abwenden lässt.«

Isabella riss blitzartig die Augen auf. Im selben Moment legte sich Immacolatas Hand auf ihre und drückte fest zu.

»Es gibt da womöglich jemanden, der in unseren Augen die richtige Person sein könnte, um die Missstände ihres kleinen Convents wieder zurechtzurücken.«

Isabellas Brauen schoben sich zusammen. Sie verstand nicht.

»Demetrio.« Mit einer leichten Kopfdrehung nahm er seinen Privatsekretär in den Fokus.

»Sehr wohl, Eure Heiligkeit.« Mit einem Nicken marschierte der Erzbischof aus Isabellas Blickfeld.

Sie wagte es nicht, ihm hinterherzuschauen, vernahm jedoch das Aufziehen einer Tür und hörte dann zwei Paar klackernde Schritte auf dem Marmorboden. Unvermittelt stieß Immacolata ein ersticktes Keuchen aus. Isabellas Kopf fuhr herum. Der Anblick, der sich ihr bot, ließ sie das Atmen vergessen.

»Revisor Libero Bruni scheint uns der richtige Mann zu sein, um Ihnen in allen wirtschaftlichen Belangen, die das Führen eines Konvents mit sich bringt, unter die Arme zu greifen«, erklärte Demetrio mit seinem sanftmütigen Lächeln, das Isabella zum ersten Mal nicht erwidern konnte. Ihr Blick ruhte lange und intensiv auf dem hageren Mann, der nun direkt neben dem Schreibtisch stand und sie missbilligend anstarrte. Zweifellos hatte auch er sie erkannt.

Dorfpomeranzen! Isabella fuhr es eisig in die Glieder.

»Revisor Bruni«, erklärte der Papst mit freudiger Stimme, »wird Sie nach Santa Caterina begleiten und so lange bei Ihnen bleiben, bis alle Unstimmigkeiten geklärt sind.« Der Würdenträger erhob sich langsam, ohne den Blick von Isabella zu nehmen. »Ich bin mir sicher, meine verehrte Schwester, dass das Convento di Regina della Pace mit Hilfe von Libero Bruni schon bald wieder in neuem Glanz erstrahlen wird und wir somit von den Schließungsplänen werden absehen können.«

»Sehr wohl, Eure Heiligkeit«, hörte Isabella den Mann sagen, dem sie noch vor wenigen Tagen in die Arme gelaufen war und der sie so rüpelhaft beschimpft hatte.

Der Papst lächelte sie gütig an. »Ich bin mir sicher, Äbtissin, Sie und Libero werden sich wunderbar verstehen.« Sein Lächeln wurde breiter. »Wer weiß«, sagte er, »vielleicht ist dieser Augenblick der Beginn einer wunderbaren Freundschaft.«

Isabella lächelte tapfer zurück, während sie Immacolata angestrengt aufschlucken hörte.

Dein Wort in Gottes Ohr.

Ende